W0226148

btb
Aus Freude am Lesen

Unsichtbar sein. Sehen können, ohne selber gesehen zu werden. Dinge tun, ohne Konsequenzen fürchten zu müssen: Jeder hat sich das schon einmal gewünscht. Simon Bloch, Mitte vierzig, erhält eine solche Chance. Seinen Lebenstraum – Filmkomponist zu werden – hat er längst beerdigt und sich eingenistet in alltäglicher Routine. Da gelangt er vollkommen unerwartet in den Besitz einer seltsamen Kappe. Als er sie aufsetzt, verschwindet er vor seinen eigenen Augen. Blochs Leben gerät aus den Fugen. Zunächst versetzen ihn die neuen Möglichkeiten in einen Rausch. Doch bald werden seine Fragen dringlicher: Wer hat ihm die Tarnkappe zugespielt? Wie funktioniert sie überhaupt? Und: Was macht sie mit ihm?

Markus Orths, 1969 in Viersen geboren, lebt in Karlsruhe. Er studierte Philosophie, Romanistik und Englisch. Für seine Erzählungen und Romane wurde er vielfach ausgezeichnet, unter anderem mit dem open mike (2000), dem Förderpreis des Marburger Literaturpreises (2003), dem Heinrich-Heine-Stipendium (2006) und dem Walter-Scott-Preis (2006). Zuletzt erhielt er in Klagenfurt den Telekom-Austria-Preis (2008) und den Niederrheinischen Literaturpreis (2009) und für »Die Tarnkappe« den Phantastikpreis der Stadt Wetzlar.

Markus Orths bei btb
Lehrerzimmer. Roman (74542) · Fluchtversuche. Erzählungen (73799) · Das Zimmermädchen. Roman (74018) · Wer geht wo hinterm Sarg? Erzählungen (74055) · Hirngespinste. Roman (74191)

Markus Orths

Die Tarnkappe

Roman

btb

MIX
Papier aus verantwortungsvollen Quellen
FSC® C083411

Verlagsgruppe Random House FSC® N001967
Das für dieses Buch verwendete FSC®-zertifizierte
Papier Lux Cream liefert Stora Enso, Finnland.

1. Auflage
Genehmigte Taschenbuchausgabe Juni 2013,
btb Verlag in der Verlagsgruppe Random House GmbH, München
Copyright © der Originalausgabe 2011 by Schöffling & Co.
Verlagsbuchhandlung GmbH, Frankfurt am Main,
Lizenzausgabe mit freundlicher Genehmigung
Umschlaggestaltung: semper smile, München
Umschlagfoto: Getty Images/Stockbyte
Druck und Einband: CPI – Clausen & Bosse, Leck
UB · Herstellung: sc
Printed in Germany
ISBN 978-3-442-74441-1

www.btb-verlag.de
www.facebook.com/btbverlag
Besuchen Sie auch unseren LiteraturBlog www.transatlantik.de

Der Tod probiert schon mal deine Kleider an.
Max Sessner

›Ich weiß durchaus nicht, was ich *tue*!
Ich weiß durchaus nicht, was ich *tun soll*!‹ –
Du hast recht, aber zweifle nicht daran:
du *wirst getan*!
Friedrich Nietzsche

Die Tarnkappe

1

Und dann das: Gerade erst hatte er sich hingesetzt und die Beine aufs Höckerchen geschoben, die Platte aufgelegt und den Kopfhörer in die Hand genommen, bereit, das Leben und den Alltag zu vergessen und vor allem diese seltsame Begegnung am Morgen, und dann das: die Klingel, kurz, einmal, zweimal, die Klingel, dreimal. Simon setzte den Kopfhörer auf: *Sacco und Vanzetti*, seit längerem mal wieder, die Vertonung des Freiheitsstatuengedichts, das große Morricone-Lied. Aber Simon bekam das Klingeln nicht aus dem Kopf, dieses Klingeln, jetzt, an seinem freien Samstagnachmittag, den er seit jeher für die Filmmusik reserviert hatte. Kurz versuchte er sich einzureden, dass es ein Nachbar sein könnte, mit einer simplen Frage nach Zucker oder Zwiebeln, doch als Joan Baez von den Müden, Armen und Heimatlosen sang, wusste Simon, dass er sich etwas vormachte, er wusste, dass er nur aus einem einzigen Grund die *Sacco-und-Vanzetti*-Platte hervorgekramt hatte, die Begegnung am Morgen, an der Straßenbahnhaltestelle: dieser bettelnde Mann mit Kopftuch und Strohhut. Und wenn das tatsächlich Gregor gewesen war? Und wenn Gregor ihn, Simon, erkannt hatte? Und wenn der Ausruf des Manns, sein letztes *Ha!*, ein Zeichen für dieses Erkennen gewesen war? Dann könnte Gregor an der Haltestelle auf Simons Rückkehr gewartet haben, um ihm heimlich zu folgen und herauszufinden, wo er wohnte, ja, dann würde Gregor jetzt draußen stehen und klingeln.

Simon setzte sich aufrecht hin und ließ den Kopf kreisen, um eine Verspannung zu lösen. Aber auch in der Pause zum nächsten Stück, noch unterm Kopfhörer, drang es schwach an seine Ohren, das Klingeln. Simon saß dort und wartete auf das Ende der Platte, auf ihr letztes Leiern, auf das Summen, mit dem der Nadelarm zurückschwebt. *Here's to you Nicola and Bart / Rest forever here in our hearts / The last and final moment is yours / That agony is your triumph.* Simon konnte den Reigen nicht genießen, die endlose Wiederholung dieser Zeilen, das Insistierende der Musik, die sich nicht entwickelte, sondern in fortwährendem Kreisen um sich selbst den Moment zementierte, in dem Sacco und Vanzetti feststeckten, das Warten auf die Hinrichtung, er konnte den Reigen nicht genießen, weil er wusste, dass die Musik doch noch enden würde, enden musste, so, wie Saccos und Vanzettis Leben enden würden, enden mussten. Der elektrische Stuhl. Wie man sich fühlt, wenn man zu ihm hingeführt wird, in Erwartung dessen, was unausweichlich geschieht? Wenn man weiß, dass der Tod kurz bevorsteht, ein paar Minuten, eine Minute, wenige Sekunden, jetzt, sofort, hier? Wenn ich sehenden Auges zum Abgrund geführt werde in der Gewissheit, es stößt mich einer hinab? Die Allgegenwart des Todes, die überall lauernde Möglichkeit des Endes, ist nur aus einem einzigen Grund zu ertragen: weil man nicht weiß, wann es soweit ist. Simon lüpfte den Kopfhörer. Es klingelte jetzt ohne Pause, ein Sturmklingeln, das nicht eher enden würde, ahnte Simon, bis er die Tür öffnete. Doch er wehrte sich dagegen, trat ans Fenster und schaute nach unten. An der Haustür: niemand. Also musste Gregor vor der Wohnung stehen, hier oben, der Kerl klopfte nicht, er trommelte nicht gegen die Tür, er beschränkte sich aufs Endlosklingeln. Wenn ich ihn reinlasse, dachte Simon, kommen wir auf die verdammte Vergangenheit zu sprechen, und das will ich nicht. Simon verfluchte den Altbau, in dem er wohnte, weil es in der Tür keinen Spion gab, durch den er hätte spähen können, um zu sehen, wer wirklich dort stand, aber wer, dachte Simon, sollte das sein, wenn nicht Gregor? Es gibt keine andere Möglichkeit. Wer sonst besäße die Frechheit, ein solches Endlosklingeln zu zelebrieren? Keine Unterbrechung, kein Absetzen, keine Pause. Der wird nicht aufhören, dachte Simon und wusste, dass er dem Kampf nicht gewachsen war, sein Widerstand bröckelte, er hatte keine Lust, sich zu verschanzen und die Ohren zu verstopfen oder sich mit Kopfhörer in die Badewanne zu legen. Am Ende, ganz am Ende von allem würde er nicht darum herumkommen, Gregor zu öffnen. Also könnte er es auch sofort tun. Zwanzig Minuten klingelt der jetzt schon, dachte Simon in der Küche, ein Glas kalte Cola in der Hand, ich will endlich, dass es aufhört. Mit einem Ruck stürzte er das Glas hinunter und aus der Küche in den Flur, und ohne weitere Überlegung riss er die Tür auf.

Draußen stand niemand. Kein Gregor, kein anderer Mensch, alles leer. Die Klingel? Runtergedrückt von unsichtbarer Hand. Das konnte nicht sein. Das durfte nicht sein. Simon kniff die Augen zusammen und stöhnte auf: In der Ritze des Klingelknopfs steckte ein winziger, abgebrochener Streichholzsplitter, der die Klingel gedrückt hielt. Und Simon sah die feixenden Nachbarsjungen förmlich vor sich, die ihm diesen Streich gespielt hatten. Trotzdem musste er lächeln. Immerhin kein Gregor. Simon versuchte, den Streichholzsplitter aus der Ritze zu ziehen, es gelang ihm nicht, der Splitter war viel zu kurz, außerdem zitterten seine Finger noch vor Aufregung. Er ließ die Wohnungstür offen, ging ins Badezimmer, fand erst nach längerem Suchen eine Pinzette, kehrte zurück und zupfte den Streichholzsplitter heraus. Endlich Ruhe. Simon schnaufte. Aber sein eigenes Schnaufen war nicht das einzige Schnaufen, das er hörte. Es schnaufte auch von der Treppe her. Als Simon ans Geländer trat, sah er nicht etwa Gregor Strack, mit Kopftuch und Strohhut, sondern die alte, asthmatische Frau Kubelik von gegenüber, die sich mit drei Plastiktüten die Treppe hinaufmühte.

»Warten Sie, ich helf Ihnen!«, rief Simon, lief die

Stufen nach unten und nahm Frau Kubelik die Taschen ab.

»Das ist aber nett«, sagte Frau Kubelik.

Gemeinsam stiegen sie hoch. Frau Kubelik öffnete die Tür zu ihrer Wohnung.

»Soll ich Ihnen die Tüten reintragen?«, fragte Simon.

»Ja, danke, gern!«, sagte Frau Kubelik.

Simon folgte ihr in die Wohnung und stellte die Tüten auf den Küchentisch.

»Möchten Sie ein Bonbon, junger Mann?«

Simon verneinte.

»Ob sie wohl so freundlich wären, mein Küchenfenster aufzumachen?«, fragte Frau Kubelik. »Das klemmt immer so.«

»Sicher«, sagte Simon, öffnete das Küchenfenster, und es rutschte ihm beinah aus der Hand, da von draußen ein kräftiger Windstoß in die Küche wehte und durch die Küche in den Flur und durch den Flur ins Treppenhaus, und dann hörte Simon einen Knall. Er ahnte, dass seine eigene Wohnungstür durch die Zugluft ins Schloss gefallen war, verließ die Kubelik-Wohnung, fand die Ahnung bestätigt, stand vor seiner Tür, barfuß, wie er nun bemerkte, auf der rauen Matte, leicht fröstelnd, in Hemd und Hose, ohne Schlüssel.

Und jetzt? Es wäre ein Leichtes, in die Kubelik-Wohnung zurückzukehren und den Schlüsseldienst zu rufen. Aber Simon zögerte. Er stand dort. Etwas ging in ihm vor. Etwas weitete sich. Er schloss kurz die Augen.

Und ging nicht zurück in die Kubelik-Wohnung. Er rief nicht den Schlüsseldienst an. Nein. Er tat ganz was anderes.

Er klingelte.

Er klingelte an seiner eigenen Tür.

Er klingelte, obwohl er mit vollkommener Sicherheit wusste, dass sich niemand in seiner Wohnung befinden konnte. Trotzdem klingelte er. Und weil er so selbstverständlich klingelte, war er auch nicht wirklich überrascht, als die Tür aufging, der Mann mit Kopftuch und Strohhut sein Gesicht in den Rahmen schob und sagte: »Hast dich ausgesperrt, Simon?«

»Gregor?«, flüsterte Simon.

»Na, komm halt rein, Mensch!«

2

An diesem Samstagmorgen war Simon Bloch wie üblich um halb sieben vom Zirpen seines Tennisballweckers wach geworden, einem Relikt aus Studententagen, gelb, rund und borstig. Simon hatte sich das Ding zu einer Zeit gekauft, als er das Aufstehen noch abgrundtief verabscheute und jeden Morgen mit gutturalem Grunzen begrüßte, denn der Tennisballwecker war eigens für Morgenmuffel konzipiert: Wenn er ansprang, ballerte man ihn gegen die Wand, und durch die Wucht des Aufpralls schaltete er sich ab, um noch dreimal, viermal durch die Wohnung zu hoppeln und sich nach fünf Minuten erneut zu aktivieren, was den Schlafenden dazu zwang, das Bett zu verlassen, um das Biest endgültig zum Schweigen zu bringen. Aber seit er den Vertrag bei Brönner & Co. unterschrieben hatte, um fortan ein geregeltes Leben zu führen, verzichtete er darauf, den Wecker gegen die Wand zu werfen, hatte ihn zunächst noch auf die Oberfläche des Nachttischs oder an die Bettkante geschlagen, später getippt, dann nur noch getupft, und seit einigen Jahren stand Simon beim ersten Ertönen des Zirpens sofort auf und schaltete das Gerät einfach aus, er bewegte sich ohne zu murren zur

Kaffeemaschine, in die er am Abend zuvor schon den Filter gesteckt, Kaffeepulver und Wasser eingefüllt hatte, sodass er jetzt nur noch den Knopf zu drücken brauchte, ehe er ins Bad ging. Danach schlich er jeden Morgen, ganz leise, da er wusste, dass seine Nachbarn noch schliefen, die Treppe hinab, fischte die Zeitung aus dem Rohr, stieg wieder nach oben, legte die Zeitung auf den Küchentisch, schmierte zwei Brote, eins mit Leberwurst, eins mit Marmelade, trank zum Leberwurstbrot ein Glas Orangensaft und zum Marmeladenbrot den herben, ungesüßten Kaffee, und währenddessen rührte er die Zeitung, die vor ihm lag, nicht an, sondern schaute auf den Tisch oder auf die schläfrig an der Wand tickende Uhr. Um sieben stellte er den Teller in die Spülmaschine, putzte sich die Zähne, zog Jackett und Schuhe an, und um zehn nach sieben griff er zur Zeitung.

Eigentlich hasste er Zeitungen. Sie stanken nach Druckerschwärze und fühlten sich klebrig an, außerdem waren sie viel zu groß. Er hasste es, mit aufgeschlagener Zeitung irgendwo zu sitzen, hasste den Kampf, den das umständliche Aufblättern mit sich brachte, hasste es, seine Arme beim Lesen wie ein Priester ausgebreitet halten zu müssen, aber er hätte nie auf die Zeitung verzichten können, ohne sich der Welt entrückt zu fühlen. Es muss doch gelingen, hatte Simon schon vor Jahren gedacht, dieses Zeitungsungetüm zu zähmen. Und so hatte er ein Ritual ersonnen, das ihn inzwischen mit tiefer Befriedigung erfüllte. Jeden Morgen legte er die großen Zeitungsbögen rittlings über die Stuhllehne, sodass zu beiden Seiten je eine Hälfte herabbaumelte: wie die Flügel erlegter Engel. Er nahm den Mantelbogen und faltete ihn zusammen, ohne Eile, die Prozedur bereitete ihm stilles Vergnügen, einen Zeitungsbändiger nannte er sich, einen Zeitungsdompteur, er knickte den Bogen fünfmal, falzte jeden Knick geschmeidig, bis der Bogen auf Taschenbuchgröße zusammengeschnurrt war und Simon ihn in seine linke Jacketttasche stecken konnte. Dasselbe geschah mit den übrigen Bögen. Dann klopfte Simon noch einmal auf den dicken Packen Papier vor seinem Herzen, verließ die Wohnung und machte sich auf den Weg. Er freute sich auf die Fahrt, die vor ihm lag. Denn jetzt, in der Straßenbahn, suchte er sich stets den vorderen Platz hinterm Fahrer, zog den ersten Bogen seiner gefalteten Zeitung hervor, entblätterte und las ihn, ehe er den Bogen wieder sorgsam zusammenfaltete, in die rechte Jacketttasche wandern ließ und zum nächsten griff. Beim Lesen legte Simon das Kinn auf die Brust und sah aus wie ein erstarrter Stier mit gesenktem Kopf, kurz vorm Stoß ins rote Tuch. So zerlas er Bogen für Bogen seiner Zeitung, und seit einiger Zeit war er dazu übergegangen, die gefalteten Bögen nicht, wie anfangs, der Reihe nach aus der Tasche zu ziehen, sondern wahllos, sodass er nie wusste, welchen Teil der Zeitung er zu fassen bekam, ob Politik, Wirtschaft, Feuilleton oder Sport: Das war das einzige Überraschungsmoment in seinem Leben. Er las auf der Hinfahrt, auf der Rückfahrt, in der Kaffee- und Mittagspause. So wusste er, was um ihn herum geschah, und am nächsten Tag würde eine neue Ausgabe erscheinen, ewiger Fortgang, die Zeitungen kannten nur eine Richtung, Simon folgte ihnen begierig, er hasste das Zurückblicken, und daher warf er, zu Hause angekommen, den Packen zerlesener Bögen sofort in die Tonne fürs Altpapier. Dann zog er die Schuhe aus, setzte sich in den Sessel und tat erst mal eine Viertelstunde lang nichts, ehe ihm dieses Nichts zu nahe kam, weshalb er aufstand und all die Dinge verrichtete, die eben zu verrichten waren.

Jetzt aber, an diesem Samstagmorgen, war alles anders gewesen. Auch samstags musste Simon zur Arbeit. Bis vierzehn Uhr. Beim Falten der Zeitung verzichtete er auf sämtliche Sonderbeilagen – Reise, Immobilien, Anzeigen –, weil seine Jacketttasche für eine komplette Wochenendausgabe zu klein gewesen wäre. Auch an diesem Samstag verließ er das Haus und wartete auf die Straßenbahn. Da sah er, wohl hundert Meter neben der Haltestelle, einen Mann auf dem Boden sitzen. Simon blickte zur elektronischen Anzeigetafel. Die Straßenbahn käme in zwei Minuten. Simon schüttelte sich kurz, gab sich einen Ruck und ging auf den Bettelnden zu. Er wusste, zwei Minuten, das würde reichen, um hinzugehen, Geld in den Hut zu werfen und umzukehren. In der Straßenbahn würde er den Mann wieder vergessen, spätestens nachdem er den zweiten Bogen seiner Zeitung gelesen hatte, und es war wichtig für Simon, die bettelnden Männer und Frauen zu vergessen, denen er Geld gab. Er durfte nicht allzu lange über sie nachdenken, sonst breitete sich eine Traurigkeit in ihm aus, die ihn für Stunden aus dem Konzept bringen konnte.

Schon nach wenigen Schritten sah Simon, dass etwas nicht stimmte. Der Mann besaß zwei Hüte. Einen hatte er umgedreht vor sich hingestellt, den anderen trug er auf dem Kopf, tief in die Stirn gedrückt, ein alter Strohhut, und darunter ein Kopftuch. Es umrahmte sein Gesicht und schien unverrückbar festgeknotet, bedeckte Ohren und Wangen, sogar sein Kinn. Zu sehen blieben nur noch Augen, Nase, Mund. Als wolle er etwas verbergen, dachte Simon. Vielleicht eine Brandnarbe, eine Entstellung, eine Hautkrankheit. Jetzt stand Simon dicht vorm Bettelnden. Der Mann trug ein rosa Hemd mit Löchern, eine enge kurze Radlerhose, dazu graue Wollsocken und Birkenstocksandalen. Der zweite Hut war mit ein paar müden Cent-Stücken gefüllt. Simon wollte schon wie üblich zwei Euro in den Hut werfen, doch da bemerkte Simon die Hosenklammer, eine neongelbe Hosenklammer mit Klettverschluss, die nicht im mindesten ihren Zweck erfüllte: In Kombination mit der kurzen Radlerhose wirkte sie entsetzlich fehl am Platz und auf so traurige Weise lächerlich, dass Simon, um dem aufkommenden Gefühl bodenloser Tristheit etwas entgegenzusetzen, einen Geldschein aus der Brieftasche zog, einen Zehn-Euro-Schein, sich zum Mann hinunterbeugte und den Schein in den Hut fallen ließ, wobei er bemerkte, dass die Hände des Manns keineswegs, wie es sich für einen Bettelnden gehört hätte, dreckig, stumpf, rissig und rau waren, sondern vielmehr zart und geradezu manikürt. Dieser Umstand sowie die Tatsache, dass der Mann mit keiner Regung auf Simons Großzügigkeit reagierte, ließen Simon innehalten. Nicht mal ein *Danke*, dachte er und ärgerte sich zu sehr, um ohne Bemerkung zu gehen.

»Sie könnten sich wenigstens bedanken!«, sagte Simon.

»Danke«, murmelte der Mann, ohne aufzublicken.

»Oder mich anschauen«, sagte Simon und wünschte sich sofort, diesen Satz nie gesagt zu haben, denn als der Mann vor ihm den Kopf hob und ihn anblinzelte, zuckte Simon zusammen, als hätten seine Augen sich an etwas verbrannt, er wandte sofort den Blick ab, wünschte einen guten Tag und eilte zurück zur Haltestelle, hörte in seinem Rücken ein *Ha!*, drehte sich noch mal um, der Mann war aufgesprungen, starrte Simon hinterher, mit ausgestrecktem Zeigefinger, doch Simon kam zur selben Sekunde bei der Haltestelle an wie die Straßenbahn, sprang hinein, ging nach vorn und setzte sich auf den Platz hinterm Fahrer, blickte aus dem Fenster, merkte, wie er zitterte, ließ Bogen um Bogen seiner Zeitung aus der linken in die rechte Jacketttasche wandern, las zwar, was geschrieben stand, aber das war nichts weiter als der verzweifelte Versuch, während der Fahrt den Gedanken an Gregor Strack unter Verschluss zu halten. Er hatte Gregor seit Ewigkeiten nicht mehr gesehen. Woher hätte er wissen sollen, wie Gregor *jetzt* aussah? Es konnte nur eine flüchtige Ähnlichkeit sein, eine Ähnlichkeitsahnung. Simon zählte seine Atemzüge. Das wirkte immer wie ein kaltes Tuch gegen überbordende Gefühle. So auch jetzt, und als die Straßenbahn ihr Ziel erreicht hatte, stürzte sich Simon in die Arbeit, in seine nie enden wollende Akten-, Brief- und E-Mail-Arbeit, er dachte, jetzt, heute, mit Schwung, jetzt muss ich doch endlich mal fertig werden, vielleicht gelingt es mir heute. Einmal nur fertig werden, das war Simons Traum, einmal nur seinen Schreibtisch leergefegt zurücklassen, doch so sehr er sich beeilte, immer kam noch die zweite Post mit einem neuen Stapel Briefe oder der Bürobote mit einem Aktenberg, oder es trafen neue Beschwerde-E-Mails ein, die bearbeitet werden mussten, ich werde es nie schaffen, fertig zu werden, dachte Simon, das ist mein Los, das ist das Los der Menschen, dass wir es niemals schaffen, fertig zu werden.

3

Simon schob sich an Gregor vorbei in seine Wohnung. Gregor roch gut. Geradezu parfümiert. Überhaupt nicht so, wie ein bettelnder Mensch riechen musste, der womöglich in einem Wohnheim für Männer schlief. Im Gegenteil. Er roch nach Vanille, nach Flieder, nach was weiß ich, wonach der riecht, dachte Simon plötzlich, der riecht *zu* gut, Mensch, warum ist das so? Gregor schien merkwürdig nervös zu sein. Er schloss sofort die Tür.

»Wo ist der Schlüssel?«, fragte er Simon.

»Auf dem Schränkchen.«

Gregor steckte ihn ins Schlüsselloch, drehte zweimal um und legte ihn zurück. Verdammt, dachte Simon, was passiert hier? Gregor hat *mich* reingelassen, *er mich*, in meine Wohnung! Sofort spürte Simon einen Funken dieser Wut, seiner – wie er sie nannte – alten Lebenswut, die er längst erkaltet glaubte, und die Wut zielte auf Gregors Unverschämtheit, auf sein Eindringen, seine Aufdringlichkeit. Simon wusste, er würde diese alte Wut brauchen, um dem, was folgte, gewachsen zu sein, er musste ein Stück des Erloschenen wieder anfachen, um Gregor Paroli bieten zu können. Und wie zum Teufel war der Kerl überhaupt hier reingekommen? Er wollte ihn fragen, aber Gregor war schon ins Wohnzimmer gegangen. Simon folgte ihm und sah sofort den Koffer. Er sprang ihm geradezu ins Auge, ein schwarzer, nagelneuer Aktenkoffer, den er am Morgen nicht bei Gregor gesehen hatte, jetzt aber lag der Koffer wie ein fremdes Wesen, das nirgends dazugehörte, auf dem Wohnzimmertisch. Gregor setzte sich.

»Wie bist du reingekommen?«, fragte Simon.

»Wir müssen reden. Hast du was zu trinken?«

»Ich ... Was willst du?«

»Wasser.«

Simon ging in die Küche. Er drehte den Hahn auf, hielt ein Wasserglas darunter und nahm noch ein zweites Glas, wobei er sich fragte, weshalb zwei? Wenn er jetzt mit zwei Wassergläsern zu Gregor zurückginge, sähe das aus wie eine Einladung zum Plaudern, so, als hätte er nichts dagegen, dass Gregor jetzt hier bei ihm saß und mit ihm reden wollte, doch Simon musste sich eingestehen, dass er tatsächlich nichts dagegen hatte, denn in ihm war eine ungeahnte Neugier erwacht, auf alles, was gerade geschah, und seltsamerweise auch auf alles, was in den Jahren geschehen war, in denen sie sich nicht gesehen hatten.

Gregor nahm Simon das Glas aus der Hand. »Und? Filmkomponist?«, fragte er und deutete mit dem Glas auf das Plakat von *Bandolero*.

Und es geschah, was Simon insgeheim befürchtet

hatte, ein Wechsel der Vorzeichen, die Verlagerung des Geschehens, denn obwohl er sich fest vorgenommen hatte, nichts von sich selbst preiszugeben, obwohl er Gregor fragen wollte, wie er reingekommen war und was es mit dem Koffer auf sich hatte und weshalb er so verstört wirkte und wieso er in dieser komischen Aufmachung herumlief, geschah das Gegenteil. Es war Gregor, der fragte, und Simon leistete keinen Widerstand, hörte sich plötzlich selber reden, ihm war, als hätte ein Stück in Es-Dur gespielt werden sollen, und nun ertönte ein Stück in h-Moll. Simon hatte seit dem Tod seiner Frau nicht mehr so viel geredet. Die Freizeit verbrachte er am liebsten mit sich selbst, seinen Platten und seinem Klavier, und im Büro gab es kaum Veranlassung zu reden, im Gegenteil, man hatte ihn eingestellt, weil er so gut zuhören konnte, als Blitzableiter für wütende Anrufe, und weil er über eine gewisse Kunst der Formulierung verfügte, die ihm half, den erhitzten Beschwerdebriefschreibern etwas von ihrer Wut zu nehmen. Jetzt aber brach es, je länger er redete, umso sprudelnder hervor. Simon erzählte von seiner Leidenschaft, von Filmmusik und Filmkomponisten, die er runterbeten konnte wie nichts, erzählte von seinem Musikstudium und davon, wie er geschuftet hatte, ein Besessener. Als Student hatte er sich eine Kordelanlage gebaut, mit der er seine kleinen Hände spreizen wollte, damit ihm gelänge, was allen wahren Virtuosen gelang, nämlich eine Spanne auf dem Klavier zu überbrücken, die eine plumpe Oktave deutlich übertraf, und dann war ihm im Eifer des Gefechts die Sehne des kleinen Fingers gerissen, es blieb ein irreparabler Schaden zurück, der Finger hatte an Beweglichkeit eingebüßt und sein blinder Ehrgeiz ihm einen Strich durch die Rechnung gemacht. Mit diesem verkrüppelten Finger würde er die Prüfungen nicht meistern können: Weder Bach noch Beethoven noch Schostakowitsch lassen sich ohne kleinen Finger spielen. Da erzählte ihm ein Kommilitone, dass Robert Schumann ein ähnliches Missgeschick widerfahren war. Der hatte, zur Stärkung des schwachen Ringfingers, ein Gerät erfunden, das er unaufhörlich erprobte, bis er sich eine Sehnenscheidenentzündung zuzog, durch die der Finger unbrauchbar wurde, zum Glück für die Musikgeschichte, denn wäre dies nicht geschehen, hätte Schumann vielleicht seine konzertante Karriere forciert und sich nicht zu dem grandiosen Komponisten entwickelt, der er letztendlich geworden war. Simon schöpfte neuen Mut. Vielleicht, dachte er, würde auch er ein Schumann werden, ein Robert Schumann der Filmmusik, vielleicht war der Sehnenriss ein Zeichen. Simon kehrte der Hochschule den Rücken und jobbte in einer Eckkneipe, spielte dort Klavier, ein bisschen Jazz, ein bisschen Improvisation, aber vor allen Dingen Filmmusik, alles Stücke, die man auch ohne kleinen Finger hinbekam. Der Wirt ein Filmfreak, und die Wände der Kneipe übersät mit Plakaten, nebenan lag das verratzte Kommunale Kino, und die Kneipe gehörte dazu.

Simon durfte sich austoben, er spielte Tiomkin, Steiner, Waxman, Korngold, die Großen eben, vor allem seinen geliebten Victor Young, der ein unerschöpfliches Talent für Melodien besaß, auch Jerry Goldsmith, den Vielschreiber. Simon hörte sich selber zu, wie er über Filmmusik zu dozieren begann und vom oft zitierten obersten Credo sprach, gute Filmmusik zeichne sich dadurch aus, dass man sie *nicht* höre, sie müsse sich wie selbstverständlich in den Film einfügen, dürfe nie stören oder die Überhand gewinnen, müsse die Bilder begleiten, ohne in den Mittelpunkt zu treten. Lediglich der Urvater der Filmmusik, Max Steiner, hatte dieser Regel kalauernd entgegengehalten: Wozu braucht man eine Musik, wenn man sie nicht hört? Es kommt natürlich auf den Film an, war Simons Antwort: Ennio Morricones Musik steht über den Bildern, sie ist elementar, Alexandre Desplats Musik zu *Syriana* dagegen schmiegt sich an die Bilder wie eine Haut, und erst ohne Film merkt man, wie wunderbar sie ist.

Abends und nachts spielte Simon im *Walfisch*. Sein Künstlername: Schneider. Und weil Filmmusiknoten damals noch nicht so einfach zu bekommen waren, spielte Simon viel nach Gehör, wenn auch die Melodie oft anders klang als im Film, wenn auch Newman, Salter, Friedhofer und Grusin sich gewehrt hätten gegen seine freie Interpretation ihrer Musik, Simon war das egal, er spielte so, wie er es für richtig hielt. Immer öfter schoben sich eigene Melodien in das, was Simon spielte, und irgendwann ging er dazu über, in der Kneipe zu improvisieren, zu komponieren: Beim Spielen beobachtete er die Leute und wandelte das, was er sah, in Musik, er vertonte das Lachen der Menschen, das Quatschen, das bellende Bestellen, Simon fasste immer für einige Zeit einen bestimmten Tisch ins Auge und reagierte auf das, was er sah, komponierte im Augenblick und für den Augenblick eine unerhörte Filmmusik des Alltags, das bierselige Gebrabbel, das Raunen, der Rauch, der wie ein sich stetig erneuerndes Netz in der Luft hing und das Leben lähmte, der Nebel, der den Menschen aus den Mündern kroch und alles verklebte, was sonst noch aus ihnen hätte kommen können, das Aufstehen und Zur-Toilette-Gehen, Blicke, verliebte, zornige, freudige, seine Musik fügte sich unhörbar und unmerklich in den Film ein, der sich vor ihm abspielte. Er war zufrieden, auch wenn das Geld nur leidlich reichte. Die Melodien, die ihm in der Nacht einfielen, schrieb er am nächsten Tag auf, er tat alles für seine Karriere als Komponist, kratzte sein Geld zusammen und mietete ein Studio, spielte die Stücke ein, indem er mittels Synthesizer ein Orchester imitierte, schickte seine Demobänder überallhin, doch ohne Erfolg.

Irgendwann, Simon war etwa dreißig Jahre alt, kam es zum totalen Bruch. Das geschah, als er in der Kneipe versuchte, ein Pärchen zu vertonen, das am Tisch unmittelbar vor ihm saß. Dieses Pärchen verkörperte nicht mehr und nicht weniger als die ödeste Mittelmäßigkeit.

Der Mann sah brav und bieder aus, die Frau sah brav und bieder aus, der Mann redete in gemächlichem Tempo, die Frau redete in gemächlichem Tempo, ab und zu legte einer die Hand in die des anderen, und die Hand wurde nach wenigen Sekunden zurückgezogen, der Mann trank eine Apfelsaftschorle, die Frau einen Kirsch-Bananensaft, keiner von beiden rauchte, beide schienen gestört zu sein vom Rauch. Der Mann redete ein bisschen, die Frau redete ein bisschen, ab und zu schwiegen sie, und Simon merkte, wie das Schweigen beide peinlich berührte, sodass sie in ihrem Kopf krampfhaft nach irgendeinem Themenzipfel suchten, der das mühselig vor sich hintrottende Gespräch in Gang halten könnte. Als Simon die Szene in Musik kleidete, merkte er plötzlich, dass er nichts anderes vertonte als sich selbst und verstand, dass die öde Mittelmäßigkeit, die er vor sich sah, auch in ihm steckte, dass er gescheitert und sein Leben in eine Sackgasse geraten war, dass es so nicht weitergehen konnte, nicht mehr hier, in dieser Kneipe, in der er seit Jahren hockte und Filmmusiken spielte, auf diesem abgewetzten Klavierschemel, mit dem eklen Bier, mit der glimmenden Zigarette, deren Rauch ihm in die Augen biss, nicht mehr diese Nachmittage, an denen er sinnlos Notenhefte füllte, mit Musik, die nie gespielt werden würde. Ich habe kein Talent, dachte er, oder wenn, dann nicht genügend. Ich bin kein Nichtskönner, aber ein Nichtgenugkönner. Ich muss es mir eingestehen. Ich darf keine

Zeit mehr verlieren. Ich muss mich dem stellen, dem sich alle Menschen irgendwann stellen: dem Leben. Ich bin nicht anders als die beiden, die hier vor mir sitzen. Ich bin genauso, ich bin der mittelmäßige Mensch, nicht mehr und nicht weniger, und erst wenn ich das verstehe, kann ich anfangen, es zu akzeptieren, erst dann kann ich als mittelmäßiger Mensch arbeiten, leben, sterben. Ich muss aufhören, mir etwas vorzumachen. Ich muss aufhören, Dinge zu sehen, die es nicht gibt und nie geben wird. Bis jetzt habe ich es nicht geschafft, ein Komponist zu werden, und auch in Zukunft werde ich es nicht schaffen. Mein Ziel muss sich ändern. Ich muss ein Ziel finden, das ich bewältigen kann, ein Ziel, das mir entspricht, und keins, dem ich entsprechen will. Wenn mir das nicht gelingt, dachte Simon, werde ich draufgehen. Dann werde ich irgendwann nicht mehr aufhören können zu trinken und zu rauchen und werde noch nicht mal mehr spielen können, noch nicht mal mehr diesen Job hier behalten können, meine Finger zittern jetzt schon, in fünf Jahren werde ich vom Hocker fallen. Simon stand auf, schüttete den abgestandenen Rest Bier in sich hinein, rülpste laut, etwas, was er nie getan hatte und was überhaupt nicht zu ihm passte, aber es markierte das Ende einer Ära, er drückte die Zigarette aus, legte das angebrochene Päckchen zum Pärchen auf den Tisch, sagte ihnen, fangt ihr doch an zu rauchen, ging zum Wirt, der ihn erstaunt ansah, und teilte ihm mit, er werde nicht mehr kommen, er müsse raus hier, und

Simon verließ die Kneipe, ohne jemals wieder zurückzukehren. Am Fluss ging er spazieren. Sah Enten, die in der Nacht sich versteckten. Ging nach Hause, nahm seine vollgekritzelten Notenhefte, wollte sie schon verbrennen, stand mit Feuerzeug am Waschbecken, dann aber trübte sich sein Blick, er ließ das Feuerzeug in die Hosentasche gleiten, packte die Notenhefte und stopfte sie in die hinterste Ecke des Schranks. Es fiel ihm schwer, nicht mehr zu trinken. Es fiel ihm schwer, nicht mehr zu rauchen. Aber er sagte sich, so kann es nicht weitergehen, es muss Schluss sein mit Seifenblasen, es muss ein richtiges Leben beginnen, ein hörbares Leben, ein sichtbares Leben, ich bin dreißig, sagte sich Simon, ich habe keine Arbeit, ich habe nichts, ich habe nur einen verfaulten Traum, es wird Zeit, den Kopf zu lüften. Und er besuchte Fortbildungs- und Umschulungsprogramme, absolvierte Bewerbungsgespräche, wurde eingestellt, Brönner & Co., und damit begann ein Leben der Gleichförmigkeit, wie er es gesucht hatte, ein eintöniges, aber geregeltes Leben, der Weg in einen selbst gewählten Käfig, und der Käfig war anfangs noch eng und sperrig, aber Simon gewöhnte sich an ihn, die alltäglichen Verrichtungen sponnen ihn ein, und je weniger er vom Leben erwartete, umso besser fand er sich zurecht, bis er es schließlich genoss, jeden Morgen in der Straßenbahn zu sitzen und seine Zeitung Bogen für Bogen zu entfalten.

4

Simon hielt inne. Er war erschöpft. Sein Wasserglas leer. Er sah hinüber zu Gregor. Der sagte nichts. Trank einen Schluck. Simon hätte nicht sagen können, was genau er Gregor gerade erzählt hatte. Ob er lange gesprochen hatte. Oder kurz. Ob er alles so ausführlich dargestellt hatte, wie es als Erinnerung in seinem Kopf lag. Wahrscheinlich hatte er nur die Eckdaten wiedergegeben. Es war ihm egal. Simon ging in die Küche und füllte erneut die Gläser, kehrte zu Gregor zurück, setzte sich, trank in kleinen Schlucken, um sich am Sprechen zu hindern. Denn jetzt wäre für Simon der Augenblick gekommen, über seine Frau zu reden, und das wollte er nicht. Schweigen breitete sich aus. Gregor schien über etwas nachzudenken.

»Und du?«, fragte Simon jetzt, um das Schweigen zu brechen.

»Was ist mit mir?«

»Du hast doch auch gelebt inzwischen.«

Gregor lächelte.

»Warum läufst du so rum?«, fragte Simon.

Und da änderte sich Gregors Miene. Das ging ruckartig, als verzerre sich etwas. »Hör zu«, sagte Gregor, der immer noch seinen Hut samt Kopftuch trug. »Du musst mir helfen.«

Simon sagte nichts.

»Da sind ein paar Leute hinter mir her. Ich kann mich nicht mehr verstecken. Bislang hab ich mich gut verstecken können, weißt du, das ist eine lange Geschichte, bisher ist es gut gelaufen, ich hab mich versteckt, jetzt aber, mein Gott, wie soll ich das erklären, jetzt ist mir mein Versteck abhanden gekommen, nein, sagen wir, mein Versteck geht nicht mehr, ich kann mich nicht mehr verstecken dort, ich brauch deine Hilfe.«

Gregor redete hastig, etwas Gehetztes lag in seinen Worten, und plötzlich riss er den Hut vom Schädel. Sein Kopf blieb bedeckt vom Tuch, grau, ohne Muster, Gregor kratzte sich jetzt am Kopf, aber das war kein Kratzen, das war eine Kratz-Orgie, er nahm beide Hände zu Hilfe, schlug die Nägel in den tuchbedeckten Schädel, fuhrwerkte hin und her und grunzte. Es gibt für alles eine einfache Erklärung, dachte Simon: Gregor hat sich vielleicht bei der Übernachtung im Wohnheim Läuse gefangen, und um die Läuse am Springen zu hindern, hat er ein Kopftuch umgebunden, und unter das Kopftuch hat er Gift auf die Haare gerieben, aber noch wirkte das Mittel nicht, und jetzt schien sich Gregor durchs Kopftuch hindurch den Schädel blutig zu kratzen. Simon wurde immer unruhiger, er wusste nicht, wo er hinschauen sollte, doch dann war es endlich vorbei, Gregor setzte den Hut wieder auf, schob ihn zurecht, stöhnte auf, als wolle er sagen: Das tat gut. Er zog aus seiner Brusttasche einen Zahnstocher, schob ihn zwischen die Zähne und redete weiter, als wäre der Kratzanfall ohne Bedeutung und nichts Besonderes geschehen.

»Hast du mich gesucht?«, unterbrach Simon ihn plötzlich. »Wie hast du rausgefunden, wo ich lebe?«

»Nein, nein, das war ein Zufall. Die Kappe hat mich zu dir gebracht, ich ...«

»Welche Kappe?«

»Was? Ach so, das ist ne Redewendung. Sagt man das nicht? Die Kappe, die Hose, Jacke wie Hose, der Zufall, verstehst du, der Zufall hat mich hergebracht. Hör zu, ich muss einfach mal ein, zwei Nächte irgendwo untertauchen, ich saß dort, an der Haltestelle, hab dich sofort erkannt, erstaunlich, nach so vielen Jahren, hast dich nicht verändert, jetzt brauch ich deine Hilfe. Ich muss noch mal weg, was erledigen, ne Kleinigkeit, ist schon spät, bin in ner Stunde wieder da, ich versprech's dir, dann sag ich dir alles, was du wissen musst, nur, du musst mir helfen, hörst du, du bist der Einzige, der mir helfen kann, ein, zwei Nächte, ich brauch nur einen Unterschlupf, und *hier* werden sie mich nicht finden, glaub mir, ich hab mich verkleidet, was denkst du, was für einen Zirkus ich machen muss, damit sie mich nicht finden, die Kerle, denk nicht, ich wär ein Penner oder so, ich tu nur so, als ob ich einer wär, das ist meine Verkleidung, wenn man sich nicht mehr verstecken kann, muss man sich verkleiden, aber ich muss los jetzt, hast du einen Zweitschlüssel? Gib ihn mir, ich bitte dich, nur, damit ich nachher wieder rein kann.«

»Ich mach dir auf, wenn du zurückkommst.«

»Und wenn nicht? Was soll ich dann tun? Wo soll ich dann hin?«

»Geht es um den Koffer?«

»Natürlich geht es um den Koffer! Der Koffer ist alles. Die dürfen ihn nie in die Finger kriegen!«

»Und was ist da drin?«

»Ich sag's dir heut Abend. Das ist, das kann ich nicht in ein, zwei Sätzen ...«

»Ich muss wissen, was da drin ist! Vielleicht ist es ja Geld! Geklautes Geld! Ich trau dir alles zu. Vielleicht sind es Drogen? Ich kann keinen Koffer mit Drogen hier behalten! Ich mache mich strafbar. Woher weiß ich ...«

»Hör zu, du musst mir vertrauen. Ich weiß, das ist schwer, aber du musst mir vertrauen. Da sind keine Drogen drin. Da ist kein Geld drin. Da ist nichts Illegales drin. Ich schwöre es beim Leben meiner Mutter, da ist, ich kann es dir nicht sagen, hörst du, noch nicht, heute Abend, ich muss jetzt los, die schließen in ner halben Stunde ...«

»Wer denn?«

»Ich sage dir alles, wenn ich wieder zurück bin.«

Simon schwieg. Er zögerte, ahnte, er würde sich geschlagen geben. Wie früher, wie immer, die alte Struktur, er war Gregor nie gewachsen gewesen. Doch kampflos wollte Simon nicht aufgeben. So sagte er plötzlich etwas, was er nicht für möglich gehalten hätte: »Und Carsten?«

Gregor zuckte zusammen.

»Und Carsten?«, fragte Simon noch einmal, lauter, und das Wort Carsten nahm sofort den gesamten Raum in Beschlag, Grundton C, Cello, Endlosstrich.

»Gibst du mir den Schlüssel?«, fragte Gregor.

»Er hängt im Flur. An der Wand. Neben der Tür.«

Gregor sprang auf, lief durchs Zimmer, der Koffer blieb zurück auf dem Tisch.

»Kannst du den nicht mitnehmen?«, rief Simon.

»Das geht nicht, bitte, bin ja gleich wieder hier, es kann sich nur um ein Stündchen handeln, vielleicht zwei, nicht mehr, versprochen, bin gleich wieder hier, ich kann den Koffer nicht mitnehmen, Simon, bitte.«

»Schon gut«, sagte Simon und dachte gar nicht mehr an den Koffer, sondern an den Namen Carsten, den er so lange nicht mehr ausgesprochen hatte und der nun wie aus einem Kerker befreit nicht wieder zurückwollte, in der Ecke kauerte und ihn argwöhnisch beäugte, es war für Simon eine schmerzhafte Befreiung gewesen, diesen Namen auszusprechen und all das Unausgesprochene, Unsichtbare, unterm Namen Verborgene heraufzubeschwören. Gregor kehrte noch mal ins Wohnzimmer zurück. Er war plötzlich sehr ernst und sah Simon lange an.

»Simon?«, sagte er.

»Ja?«

Und Gregor sagte das eine Wort: »Danke.«

»Schon gut.«

»Und noch was.«

»Ja?«

Gregor stöhnte auf und sagte: »Versuch bloß nicht, den Koffer aufzumachen!« Dann eilte er durch den Flur, und Simon hörte, wie Gregor die Tür aufschloss und zuknallte. Simon trat ans Fenster, sah, wie Gregor aus der Haustür taumelte, nach rechts und links blickte, die Straße überquerte, zu einem Fahrrad, das er dort wohl abgestellt hatte, ein Fahrrad mit Anhänger, und auf dem Anhänger jede Menge durchsichtige Kanister, die leer zu sein schienen. Gregor radelte ein Stück, ehe er von einer Limousine überholt wurde. Sie hielt etwa zehn Meter vor ihm, die hintere Tür öffnete sich, Gregor sah sich um, stieg ab, ließ Fahrrad samt Anhänger stehen, lief zur Limousine wie zu einem allerletzten Zufluchtsort, sprang hinein, schlug die Tür zu, und das Auto glitt langsam davon.

5

Verrückt, dachte Simon, komplett durchgeknallt. Es gibt keine andere Erklärung. Vielleicht ist Gregor ein reicher Mann inzwischen, den Ehrgeiz hat er immer schon gehabt, und ihm gehört jetzt eine Limousine, ein reicher Mann, der den Überblick verloren hat, über sich, über sein Leben, über alles. Simon schüttelte den Kopf. Er glaubte nichts von dem, was Gregor ihm erzählt hatte. Leichtgläubig war er nie gewesen. Er konnte nicht in die Leute hineinschauen, wenn sie ihm etwas erzählten, er hatte keine Ahnung, was wirklich in ihnen vorging, er kannte es nicht, das Verborgene. Irgendwo hatte Simon einmal gelesen, die ursprüngliche Bedeutung des Wortes Wahrheit, wenn man es aus dem Griechischen übersetze, laute Unverborgenheit: Aletheia. Das Alpha sei eine verneinende Vorsilbe, und letheia bedeute Verborgenheit, also dürfe man nicht Wahrheit sagen, sondern Un-Verborgenheit, und in der Unverborgenheit stecke nicht nur vom Wort, sondern auch vom Sinn her die Verborgenheit, alles Unverborgene sei zugleich auch Verborgenes, weshalb man sagen könne, dass es so etwas wie reine Wahrheit gar nicht gebe, die Wahrheit eine Illusion, immer gekoppelt ans nicht Sichtbare.

Simon setzte sich wieder in seinen Sessel. Für gewöhnlich hätte er nun eine oder zwei weitere Platten aufgelegt, er sah den Stapel neben sich, er hätte vielleicht *Key Largo* gehört oder *Link, der Butler*, aber er war nicht mehr in Stimmung. Nicht nach der Begegnung mit Gregor. Nicht, nachdem er selbst vor Minuten den Namen Carsten ausgesprochen hatte. Er hatte aber auch Bedenken, den Namen Carsten anzustarren, der immer noch dort hockte, im Raum, und sich dehnte und reckte und die neue Freiheit genoss. Hatte Bedenken, diesem Namen auf den Grund zu gehen, sich von ihm in die Vergangenheit stoßen zu lassen, aber irgendwas musste er tun. Also begann er zu putzen. Eigentlich hasste er das Putzen und die Tatsache, dass er nicht genügend Geld verdiente, um sich eine Putzfrau zu leisten. Daher gab er nach wenigen Minuten, in denen er die Fensterbänke seines Wohnzimmers, die Stereoanlage und die Vitrine abgewischt hatte, wieder auf, weil es ihm zu lästig wurde und weil er plötzlich wusste, was er tun wollte, während er auf Gregors Rückkehr wartete, wenn der denn überhaupt zurückkäme. Simon schob einen Stuhl vor den Wohnzimmerschrank, stieg hinauf und kramte aus dem obersten Fach die alten Noten heraus, alles, was er jemals komponiert hatte. Er setzte sich mit dem Packen ans Klavier, spielte ein paar Stücke, doch sie gefielen ihm nicht, weil die Noten nicht wirklich geboren worden waren, sich nicht in echte Musik verwandelt hatten, die von anderen Menschen jederzeit hätte angehört werden können. Er spielte dennoch, schaute ab und zu auf die Uhr, eine halbe Stunde verstrich, eine Stunde, zwei Stunden. Schließlich legte Simon den Notenstapel neben das Klavier, wie um sich von einer Last zu befreien, und dann tat er etwas, was er seit Ewigkeiten nicht mehr getan hatte, er improvisierte, spielte ein Stück, das es gar nicht gab, Vorform der Komposition, versuchte, den inneren Zustand des Wartens zu vertonen, lange, mit Synkopen verbundene, ganze Töne, ein leises Gleiten von einem Ton in den nächsten, nichts Hektisches, nichts Wildes, er spürte, wie sich die Langeweile in das Stück schlich, die Vertonung der Langeweile des Wartens, doch nach einiger Zeit mischten sich helle Fitzelchen hinein, er konnte nichts dafür, seine rechte Hand machte sich selbständig, spielte zappeliger, und Simon wusste, dass er damit seine eigene Unruhe wiedergab, die Gereiztheit, die jedem Warten innewohnt, die Hoffnung auf das Ende des Wartens. Worauf warte ich denn?, fragte er sich. Der kommt nicht wieder. Der hat mich mit dem Koffer hier sitzen lassen. Ich bin auf ihn reingefallen, das ist alles. Trotzdem lauschte Simon hin und wieder zur Tür, weil er das Geräusch eines Schlüssels hören wollte, aber das blieb aus. Er nahm seine Noten, schob sie zurück in den Schrank und wollte ihn schon schließen, als er ein Fotoalbum entdeckte, mit Bildern von sich und seiner Frau. Er zog es heraus, öffnete es und schaute Anna an, die seit drei Jahren nicht mehr lebte.

Simon war froh, dass er Gregor nichts von seiner Frau erzählt hatte. Was hätte er sagen sollen? Dass er sie vermisste? Natürlich. Simon hatte sie in seinem ersten Jahr bei Brönner & Co. kennengelernt, eine stille Person, vielleicht sogar ein bisschen schüchtern, aber gerade deswegen passte sie zu Simon. Es hatte keiner großen Kunst bedurft, Anna zu fragen, ob man vielleicht mal nach Dienstschluss was trinken gehen wolle. Sie trafen sich ein paar Mal, bis der Augenblick gekommen war, da man sich entweder in die Arme fällt oder die Hand reicht, um gute Freunde zu bleiben. Sie waren sich in die Arme gefallen und in den ersten Monaten über sich hinausgewachsen, hatten für ihre Verhältnisse viele wilde Tage verbracht, lange Nächte mit endlosen Gesprächen und großer Nähe, als wären sie nur noch *ein* Mensch und nicht mehr zwei. Es hatte aber nicht lange gedauert, bis sie vom Alltag und der Gewohnheit, die sie beide unausgesprochen gesucht hatten, eingefangen wurden und ein Leben führten, das viel mit Zärtlichkeit zu tun hatte, mit Geborgenheit, mit restlosem Vertrauen, sie wurden zu einer gegenseitigen Stütze, die jedem von ihnen mehr Halt verlieh. Simon und Anna heirateten zügig, richteten sich in ihrer Zweisamkeit ein wie in ihrer neuen Wohnung. Weil sie sich jeden Tag auch bei der Arbeit sahen, gewöhnten sie sich so sehr aneinander, dass ein Tag ohne den anderen nicht einfach auszuhalten war. Sie stritten fast nie. Wenn sie mal stritten, dann über Alltagsdinge. Als Simon Anna einmal bat, für den

Abend zwei halbe Hähnchen mitzubringen, nickte Anna und stand am Abend mit einem ganzen Hähnchen in der Küche, und Simon sagte: »Was soll das werden?«

»Zwei halbe Hähnchen«, sagte Anna.

»Das ist ein ganzes Hähnchen!«

»Wo ist der Unterschied? Zwei halbe sind ein ganzes.«

»Der Unterschied ist der, dass wir keine Hähnchenschere haben!« Simon konnte sich über solche Gedankenlosigkeit manchmal maßlos aufregen – kümmerliche Reste seiner alten Lebenswut –, er stand in der Küche, riss die Schublade auf und rief: »Wie soll ich das Hähnchen schneiden, wenn wir keine Hähnchenschere haben, du weißt doch, dass wir keine Hähnchenschere haben, zur Hochzeit haben wir alles Mögliche bekommen, nur keine Hähnchenschere, und seit wir verheiratet sind, sage ich, wir müssten uns eine Hähnchenschere kaufen, aber nein, sagst du immer, wozu brauchen wir eine Hähnchenschere, und dann schleppst du ein ganzes Hähnchen an, obwohl du haargenau weißt, dass wir keine Hähnchenschere haben!« Simon säbelte mit dem Brotmesser, das er aus der Schublade genommen hatte, an dem Hähnchen herum, nur um Anna vorzuführen, dass man mit einem Brotmesser kein Hähnchen zerlegen kann, ohne es zu zerstümmeln, und in diesem Augenblick bereitete es ihm eine grimmige Freude, seiner Frau zu beweisen, was für ein gedankenloses Wesen sie manchmal sein konnte und dass diese Gedankenlosigkeit der einzige Zug an ihr war, den Simon hasste. Er zerhäckselte die ölige Haut und das flockige Fleisch, während er rief: »Du hättest doch ohne weiteres zwei halbe Hähnchen bestellen können, die hätten das Hähnchen schon am Stand durchgeknipst, jetzt haben wir den Salat, und den Salat hast du auch noch vergessen!« Simon drehte sich zu seiner Frau um, aber die war verschwunden. Er hörte das Schlagen der Tür, und sofort tat ihm grenzenlos leid, dass er sich so hatte gehen lassen, ein seltenes Schauspiel, denn im Großen und Ganzen hatte er sich gut im Griff. Schon am nächsten Abend erwartete Anna ein Blumenstrauß, ein von Simon gekochtes Essen und eine umständliche Entschuldigung, die sie sofort annahm, während Simon eine Geflügelschere mit Schleife bekam: Beide hielten es nicht aus, länger als einen Tag miteinander im Streit zu liegen.

Sie gingen viel spazieren. Verließen gemeinsam das Haus, Arm in Arm traten sie auf die Straße, bogen nach rechts ab, dann nach links, durchquerten das Viertel, in dem sie lebten, und kamen nach etwa zehn Minuten an den Waldrand, dort atmeten sie tief ein, gingen zwei Stunden, bis sie wieder in ihr Viertel zurückkehrten, immer denselben Weg, immer die gleiche vorgegebene Spur, wie an der Schnur gezogen, sie änderten ihre Gewohnheiten nicht, immer gingen sie die Hebbelstraße hinunter und bogen erst dann in die Kleiststraße ein, obwohl sie auch schon vorher die Schillerstraße hätten nehmen können, nein, immer gingen sie zuerst die Hebbelstraße hinunter und kamen so immer am Haus Nummer 44 vorbei, Hebbelstraße 44, ein Haus, das ihnen nie aufgefallen war, weil es ein Haus wie alle anderen war. Das änderte sich schlagartig, als sie vor drei Jahren, am 27. Mai, trotz Sturmwarnung ihren gewohnten Spaziergang nicht ausfallen ließen, sondern im Wald das Toben und Rauschen der Blätter genossen, die Gefahr fallender Äste ignorierten, nach zwei Stunden unbeschadet aus dem Wald in die Stadt zurückkehrten und wie gewöhnlich auch auf dem Rückweg in der Hebbelstraße am Haus Nummer 44 vorbeigingen. Doch an diesem Tag wurden vom alten Dach des Hauses 44 sieben lose Ziegel gefegt, von denen sechs hinter den beiden auf dem Bordstein explodierten, während der siebte mit bestechender Exaktheit, als hätte man es vorher berechnet, auf den Kopf von Anna Bloch fiel, sodass Anna auf der Stelle zusammenbrach, ohne einen einzigen Schrei, und am Unfallort starb, noch ehe die Rettung eintraf.

Simon brauchte zwei Monate, um mit dem Rechnen aufzuhören. Er rechnete Tag und Nacht. Jede Minute wurde zerpflückt, und die Frage trieb ihn zur Verzweiflung, wie es hatte sein können, dass er und seine Frau *ausgerechnet* zu dieser Sekunde am Haus Nummer 44 vorbeigegangen waren. Aber die Absurdität des Zufalls wurde umso ungreifbarer, je mehr Simon rechnete. Waren es anfangs noch klar strukturierte Überlegungen – hier eine Minute im Bad, dort ein paar Sekunden auf dem Flur –, so musste er mit der Zeit feststellen, dass eigentlich alles hätte anders laufen können, dass eigentlich nichts in ihrem Leben hätte so geschehen müssen, wie es geschehen war, um exakt zu diesem Zeitpunkt am Haus Nummer 44 vorbeizukommen. Und als Simon einige Wochen nach dem Tod seiner Frau in irgendeinem Heft von der statistisch erwiesenen Tatsache las, dass mehr Menschen durch herabfallende Kokosnüsse als durch Hai-Attacken starben, und als er sich vorstellte, wie ein braungebrannter Urlauber unter einer Palme liegt und kopfschüttelnd die Schwimmer beobachtet, die trotz Hai-Alarms im Meer baden, aber gleichzeitig nicht merkt, wie sich knisternd eine Kokosnuss fünf Meter über ihm löst, musste Simon zugleich lachen und weinen, und er beschloss, zurückzukehren ins Leben, in die gewohnte Regelmäßigkeit. So haben wir gelebt, dachte Simon, so werde ich weiterleben. Es hätte alles anders kommen können, dachte Simon, aber dieser Satz ist komplett sinnlos, denn wenn alles hätte anders kommen können, hätte auch nichts anders kommen können, weil alles und nichts im Grunde dasselbe ist. Ich werde weiter so leben, wie wir gelebt haben, dachte Simon, ich werde alles weiter so tun, wie wir es getan haben, im Andenken an Anna. Er kehrte zu Brönner & Co. zurück mit den Worten: »Ich bin jetzt wieder belastbar!« Und Simon dachte, ehe er sich in die Arbeit stürzte: Jetzt heißt es warten, warten, warten. Warten, bis mir mein eigener Ziegel auf den Kopf fällt.

6

Gregor tauchte nicht wieder auf. Den ganzen Samstag wartete Simon. Obwohl er wusste, dass es sinnlos war. Die Türen in der Wohnung standen offen, nur die Wohnungstür selber war geschlossen, Licht brannte überall, damit Gregor, falls er zurückkam, nicht im Dunkeln nach Lichtschaltern tasten musste. Simon konnte nicht einschlafen. Bei jedem Geräusch zuckte er zusammen. Aber irgendwann wusste er nicht mehr, ob es tatsächliche Geräusche waren oder eingebildete. Er fiel in losen Flatterschlaf. Am nächsten Morgen, als der Wecker klingelte, fühlte er sich wie ausgespuckt, zum ersten Mal seit langem warf er den Wecker wieder gegen die Wand, das beruhigte ihn ein wenig, dann sprang er hoch, sah im Wohnzimmer nach, im Flur, im Bad, doch von Gregor keine Spur. Simon wartete auch den Sonntag über. Er wartete beim Frühstück und während er die kostenlose Sonntagszeitung las: der einzige Tag der Woche, an dem er die Zeitung nicht faltete. Er las auch gar nicht richtig, sondern steckte seine Stirn in die aufgeschlagene Zeitung, wäre am liebsten in die Zeitung hineingekrochen, aber er beruhigte sich wieder. Solche Anwandlungen tiefer Traurigkeit kannte er und hatte sie gut im Griff. Sie kamen, wenn er sich tags zuvor an etwas erinnert hatte, an das er sich nicht hätte erinnern sollen, an Anna zum Beispiel, und sie dauerten, wenn man sich ihnen hingab, zwei bis drei Stunden, aber wenn man sich ihnen widersetzte, nur ein paar Minuten.

Jetzt ging er ins Wohnzimmer. Da schnüffelte etwas in ihm. Es war das fette Schwein der Neugier. Das trieb ihn an und grunzte ihm zu, na mach schon, Simon, Gregor kommt ohnehin nicht wieder, es schubste ihn voran, Richtung Koffer. Simon nahm den Koffer und wog ihn in der Hand. Er war nicht schwer. »Versuch nicht, den Koffer aufzumachen!«, hatte Gregor gesagt. Aber wie jedes strikte Verbot wandelte sich auch dieses in einen Ansporn, es zu übertreten. Simon schüttelte den Koffer. Ein leichtes Rascheln. Er untersuchte das Schloss. Ein Nummernschloss. Vierstellig. Ohne zu überlegen, verschob Simon die Zahlen auf 1507. Der 15. Juli. Der Tag ihrer Kindheit, an dem sich alles geändert hatte. Doch der Koffer ließ sich nicht öffnen. Die damalige Jahreszahl? 1978. Nichts. Auf gut Glück wählte Simon ein paar andere Ziffern aus, das war aberwitzig, die Kombinationsmöglichkeiten schier unendlich. Zuletzt hielt Simon das Schloss ans Ohr, während er an den goldenen Zahlenrädchen drehte, als sei er ein gewiefter Panzerknacker, der das Einrasten der Ziffern hören konnte, aber er hörte nichts, so behutsam er auch drehte. Simon stellte den Koffer auf den Tisch. Er könnte das Ding aufbrechen. Aber wenn Gregor doch noch zurückkäme? Den aufgebrochenen Koffer entdeckte? Ihn zur Rechenschaft zöge? Wenn aber Geld drin wäre? Viel Geld? Wenn er, Simon, sich das Geld unter den Nagel reißen und untertauchen könnte? Raus aus Deutschland? Nach Amerika? Für eine Weile gab sich Simon den wüstesten Träumen hin. Alle längst vergraben geglaubten Sehnsüchte schüttelten auf einmal den Staub ab und erhoben sich: eine Villa in Los Angeles, Haus am Meer, Simon würde sich einkaufen in eins der großen Studios, Paramount, Warner, Universal, er würde ihnen Geld bieten, einen Haufen Geld, nur um einen Film vertonen zu dürfen, einen einzigen Film, einmal nur wollte er der Welt zeigen, was er konnte, ihm würde etwas Grandioses gelingen, eine Filmmusik, die den Zuschauern Tränen in die Augen trieb, etwas noch nie Dagewesenes. Die Studios stünden danach Schlange bei ihm, er würde mit Aufträgen bombardiert werden, er könnte für die besten Regisseure komponieren, Ang Lee, Hal Ashby, Michael Mann, ein Western von Clint Eastwood, er würde Ennio Morricone vergessen machen, er würde Elmer Bernstein vergessen machen, er würde selbst Jerry Goldsmiths grandiose Musik zu *Missouri* vergessen machen, eine Musik, die durch ihre Abwesenheit glänzt, zu Beginn, wo man nur Bilder sieht, die schweigenden Wälder Missouris, von fehlender Musik umhüllt, eine Szenerie, die jeder andere Komponist zur Landschaftsuntermalung genutzt hätte, nicht aber Jerry Goldsmith, der wusste, wann die Musik die Klappe zu halten hatte. Ja, dachte Simon, dort, am Tisch, neben dem Koffer sitzend, er würde selbst Alan Silvestri vergessen machen und dessen kongeniale Musik zu *Cast Away*, die, in den Fußstapfen Goldsmiths, erst in dem Moment einsetzt, als der auf einem Floß treibende Tom Hanks zur winzigen Pazifikinsel zurückblickt, auf der er vier Jahre lang gehaust hat, eine Insel, die er wie eine Gefängniszelle hasste, die ihm aber jetzt, untermalt von der Musik, als sichere Zuflucht erscheint im Vergleich zur Ungewissheit des Meers. Ganz allein hat er auf der Insel gehaust. Sein einziger Freund: ein Volleyball der Firma Wilson, auf den er mit Blut ein Gesicht gemalt hat, um wenigstens mit irgendjemandem reden zu können. Und erst als Tom Hanks nach einem wilden Sturm zu sich kommt, auf den Trümmern seines Floßes, und sieht, wie Wilson ins Meer gefallen ist, breitet Silvestris Musik ihre Pathosflügel aus, erst da gibt der Komponist den Zuschauern einen Anstoß, sich fallenzulassen, ins Gefühl der Trauer über den Verlust des geliebten Freunds, und wer hätte es je für möglich gehalten, dass ein Film mit Hilfe von Musik in der Lage sein könnte, im Zuschauer Tränen hervorzuzaubern, wenn ein Volleyball von der Strömung des Meers weggetrieben wird und ein Mensch sein Leben riskiert, um diesen Volleyball zurückzuholen, und, als es ihm nicht gelingt, Wilson ruft, immer wieder Wilson, herzzerreißend, Wilson, und wie viel

Kohle die Firma Wilson wohl locker gemacht hat, damit der Volleyball *ihren* Namen trägt und nicht den Namen Reebok oder Nike. Simon war abgeschweift. Das Träumen überfiel ihn, wie die Trauer, nur noch selten.

Jetzt aber lag dort immer noch der Koffer auf dem Tisch, und Simon überlegte, ob er aus dem Werkzeugkasten einen Schraubenzieher holen sollte. Er wagte es nicht. Er dachte an Gregor. An dessen Warnung. An die merkwürdige Begegnung vom Vortag. Wie war der Kerl überhaupt hier reingekommen? Das abgebrochene Streichholz war kein Streichholz gewesen, sondern die Spitze eines Zahnstochers. Gregor musste mit dem Splitter die Klingel fixiert und sich verkrochen haben, auf die dunkle Treppe, die einen Stock weiter nach oben führte. Und während Simon im Bad nach der Pinzette gesucht hatte, war Gregor in die Wohnung geschlüpft, an der Badezimmertür vorbei. Ungefähr so hätte es gewesen sein können. Aber weshalb hatte Simon geklingelt? An seiner eigenen Wohnungstür? Obwohl er genau wusste, dass niemand drinnen sein konnte? Er versuchte sich an das Gefühl zu erinnern, dort, vor der eigenen, durch die Zugluft ins Schloss gefallenen Wohnungstür, ein Gemisch aus Trauer und Erwartung. Vielleicht hatte er gedacht, dass Anna ihm öffnen würde, Anna, die, obwohl schon drei Jahre tot, immer noch in dieser Wohnung lebte, wie ein nicht zu entfernender Geruch. Simon verfluchte sich für seine wirren Gedanken. Wieso muss es Sonntage geben, fragte er sich, an Sonntagen sitzt man haltlos herum und versucht, die ausgebrochene Zeit einzufangen. Irgendein Psychologe hat das Wort Sonntagsneurose erfunden. Nur an Sonntagen, dachte Simon, kommt man auf allerhand dumme Gedanken.

Er ging spazieren. Simon ging denselben Weg, den er immer mit Anna gegangen war. Nur kein Abweichen vom Gewohnten. Es kam ihm vor, als ginge Anna immer noch neben ihm, nur dass man sie nicht sehen konnte. Statt mit Anna ging er nun mit der Gewohnheit Hand in Hand. Das tat ihm gut. Immer noch bog er erst von der Hebbel- in die Kleiststraße ab. Immer noch ging er am Haus Nummer 44 vorbei. In der ersten Zeit nach Annas Tod hatte er um die Stelle, an der es geschehen war, einen Bogen gemacht, hatte den Bogen immer enger gefasst, bis er schließlich genau über die Stelle gestiegen war, an der Anna gelegen hatte und an der, wenn es in drei Jahren nie geregnet hätte, noch immer ein Blutfleck zu sehen gewesen wäre, denn Blut hält sich hartnäckig auf Bordsteinplatten, aber es *hatte* geregnet in diesen drei Jahren, und auch der letzte Rest Blut war weggespült worden, Simon hatte noch ab und zu hochgesehen, zum Dach des Hauses Nummer 44, von dem inzwischen nagelneue, rote Ziegel glänzten, doch auch das hatte er schließlich aufgegeben, dann hatte er, als er vorbeiging, daran gedacht, dass irgendwann einmal ein Ziegel herabgefallen war, aber seit einem Jahr war es ihm gelungen, auch den Gedanken daran zum Schweigen zu bringen, sodass er jetzt immer ohne jede Regung an der 44 vorbeiging und nur noch selten zusammenzuckte, wenn er zu Hause feststellte, dass er nicht an Anna gedacht hatte.

Simon kehrte heim. Er öffnete die Tür zu seiner Wohnung. Lauschte. Sah nach. Von Gregor keine Spur. Er ging ins Wohnzimmer. Sein Blick fiel auf das Fotoalbum, das auf dem Klavier lag und das er am Vortag vergessen hatte, in den Schrank zurückzulegen. Er wischte sich über die Nase, als wäre die Nase der Sitz für Erinnerungen und als könnte man diese mit einem simplen Strich ausmerzen. Es war sieben Uhr. Simon nahm das Album, stieg auf den Stuhl, öffnete den Schrank, schob den Notenstapel beiseite, der noch vorne lag. Da blitzte ganz hinten im Schrank etwas auf. Das war merkwürdig. Er stellte sich auf die Zehenspitzen. Griff über Noten und Alben hinweg und zog eine Plastiktüte von Aldi hervor, weiß-orange-blau, zerknittert, und irgendwas war da drin, nicht sonderlich schwer. Weder er noch Anna hatten je bei Aldi eingekauft. Es war demnach unmöglich, dass eine Tüte von Aldi in seinem Schrank lag. Simon stieg vom Stuhl, leerte die Tüte mit spitzen Fingern auf die Tischplatte und verzog sofort sein Gesicht: Es war eine Kappe. Eine ekelhafte, schmierige Kappe. Simon zuckte zurück wie vor einem lausigen Tier. Die Kappe war braun, und sie stank. Es war eine halbrunde Kappe, ohne Schirm, nicht aus Stoff, sondern aus hartem Leder, und lag jetzt auf dem Tisch wie ein in der Mitte durchgeschnittener harziger Handball. Die äußere Fläche oben. Simon glättete die Tüte und legte sie über eine Stuhllehne. Er wusste nicht, was er tun sollte. Kurz durchzuckte ihn ein Verlangen, die Kappe vom Tisch zu nehmen und aufzusetzen. Ein seltsames Verlangen, denn die Kappe war mehr als abstoßend, und immer noch roch sie nach, ja, wonach roch sie? Nach verbranntem Fleisch, dachte Simon. Er gab sich einen Ruck und legte die rechte Hand an die Kappe, sie fühlte sich rau an, er gab ihr einen leichten Schubser, als erwarte er, dass ihr Spinnenbeine wachsen und sie über den Tisch krabbeln würde, auf der Suche nach Schutz. Aber die Kappe blieb liegen. Mit spitzen Fingern drehte Simon sie um. Das Leder: spröde und unbeugsam. Er warf einen Blick hinein. Das Innere: pechschwarz, dazwischen rote Stellen, verschmiert. Auch klebten hier und da dünne Haare, die Simon nur sehen konnte, wenn er sich hinabbeugte, dann aber bohrte sich sofort der Gestank nach verbranntem Fleisch in seine Nase, und er richtete sich wieder auf. Simon schüttelte den Kopf, zuckte mit den Schultern, griff zur Tüte, ließ die Kappe hineinfallen, holte einen Müllsack aus der untersten Küchenschublade, packte die Tüte hinein, verknotete den Sack, warf das Ganze in den Tretmülleimer unter der Spüle und wusch sich die Hände. Er fühlte sich erleichtert. Es war spät. Gerade noch Zeit, die Kaffeemaschine vorzubereiten, den Fernseher einzuschalten, Nachrichten zu schauen, aber alles seltsam zerstreut, Simon konnte sich nicht konzentrieren. Er bekam die Kappe nicht aus dem Kopf. Sie lag zwar im Mülleimer, aber Simon hatte das Gefühl, sie zerre da drinnen an ihren Fesseln.

7

Outsourcing war das Lieblingswort Paul Brönners. Simons Chef hatte eine einzige gute Idee gehabt in seinem Leben und sie sofort umgesetzt. In allen Zweigen der Wirtschaft, bei Telefon-, Gas-, Stromsowie großen Vermietergesellschaften, in Auto- und Elektrofirmen, einfach überall, wohin man auch blickte, vor allem in Deutschland, trudelten Tag für Tag haufenweise Beschwerdebriefe, -telefonate und -E-Mails ein, keine dieser Firmen und Gesellschaften hatte Lust, sich um den Unmut der Menschen zu kümmern, und Brönner hatte eine Firma gegründet, die nichts anderes darstellte als einen Blitzableiter für unzufriedene Kunden und Mieter, Brönners Büro nahm sich der undankbarsten aller Aufgaben an: die Wut abzufedern, die Menschen zu beruhigen und dafür zu sorgen, dass sie wieder zufrieden waren.

Am Montagmorgen verbiss sich Simon regelrecht in seine morgendlichen Rituale, er genoss das Falzen der Zeitung, fand mit jedem Bogen wieder mehr Ruhe, verließ die Wohnung, schloss die Tür zweimal ab und ging zur Straßenbahn. Als er das Büro betrat, lächelte er zum ersten Mal, seit Gregor wieder in sein Leben getreten war. Er nahm alles in sich auf, die helle, warme Atmosphäre, die offenen Fenster – es war Juni, und das Büro lag in einer Seitenstraße, sodass kein Autolärm störte –, die Kollegen, die bereits da waren, und die Kollegen, die mit oder kurz nach ihm eintrafen, Frau Spämann zum Beispiel, mit Brille und verknautschtem Rock, Herr Sand mit dem Automatenblick, Herr Kunze, der schneller tippen konnte als alle anderen, Frau Reitmeier, jung, ehrgeizig, hübsch, die immer so viel Parfüm auftrug, dass die Büroluft erst um zehn Uhr den süßlichen Geruch verlor, die Neue, Miriam Hackethal, achtundzwanzig, unauffällig, immer korrekt, nie aufreizend gekleidet.

Man hörte das Stakkato der Tastaturen. Simon konnte sich nicht konzentrieren, eine merkwürdige Missstimmung lenkte ihn ab. Die Begegnung mit Gregor steckte ihm noch im Kopf. Der oberste Beschwerdebrief auf seinem Stapel stammte von Hans-Josef Konrady. Simon stöhnte leise. Immer wieder Konrady. Schon der fünfte Brief. Ein alter Mann, der sich bei seinen Vermietern, genauer gesagt, bei der *Wohnungs- und Siedlungs-GmbH gemeinnütziger Bauträgerunternehmen BdK* über die Kinder seiner Nachbarn beschwerte. Dieser Konrady regte sich über alles auf, vornehmlich über den Lärm. Kinder schreien nun mal ab und zu, hätte Simon am liebsten geantwortet, das lässt sich nicht verhindern. Auch das Fahren mit dem Bobbycar störte Konrady, das Kreischen im Planschbecken, ihn störte liegen gelassenes Spielzeug, so sehr, dass er das Spielzeug wegwarf, denn, so Konrady, so ein Zeug gehöre nicht auf den Gang, wo man gesundheitsgefährdend drüber stolpern könne und es den gesetzlich vorgeschriebenen Brandschutzfluchtweg blockiere. Er wolle eine Mietminderung, er zahle so lange nur noch die Hälfte, bis die Masowski-Plage ausgezogen sei. Es war Simon schwergefallen, bei seinen bisherigen Antworten freundlich zu bleiben. Er schüttelte den Kopf und legte den Brief weg, doch auch beim nächsten Brief schweiften seine Gedanken ab, Simon las zwar die Wörter und Sätze, aber er verstand sie nicht, ich kann mich nicht mehr konzentrieren, dachte er, ich muss aufpassen, was ich mache, das Büro hat eine neue Färbung, es ist alles anders heute, die Kollegen, die Atmosphäre, sogar das Blubbern des Wasserspenders. Simon sah aus dem Fenster, warm war es schon jetzt, die Sonne stieg immer höher, und er schwitzte. Es kann sich nur um Gregors Kappe handeln, dachte er. Es gibt keine andere Möglichkeit. Das hatte Simon schon gestern im Bett gedacht und dachte es jetzt erneut: Gregor hat die Kappe versteckt. Er hat unmöglich ahnen können, dass Simon am nächsten Tag schon die alten Alben aus seinem Schrank kramen würde. Es gibt kein besseres Versteck als das höchste Fach des Schranks mit den vor sich hingammelnden alten Alben. Und wenn Gregor die Kappe so gut versteckt hat, dann muss sie ihm wichtig sein, wertvoll.

Auf der Rückfahrt vergaß Simon, den Rest der Zeitung zu lesen. Er dachte nur an die Kappe. Zu Hause warf er Mantel und Aktentasche aufs Sofa, ging in die Küche, öffnete den Mülleimer, schnitt den blauen Sack auf, zerrte die Aldi-Tüte hervor und kippte die Kappe auf den Küchentisch. Simon setzte sich hin und betrachtete sie. Er konnte sich seine Aufregung nicht erklären. Es war doch bloß eine schmutzige, ekelhafte Kappe. Also gut. Er würde sie jetzt nach unten bringen, in die schwarze Tonne, und dann würden die Müllmänner die Kappe mitsamt dem übrigen Unrat in ihren Wagen poltern lassen und zur Deponie fahren, und auf der Deponie würde sie mit dem anderen Müll verrotten, oder aber sie würde verbrannt werden, sich in Rauch auflösen, und dann wäre endlich wieder Ruhe. Simon nahm die Kappe, ging durch den Flur und wollte schon die Wohnungstür öffnen, als sich mit einem Mal Bilder in seinen Kopf schoben, ein innerer, irrer Film, in dem er, Simon Bloch, durchs Treppenhaus hechtet, unten die Tonne aufreißt und sieht, dass die Tonne leer ist, ein innerer, irrer Film, in dem er in ein Taxi springt und sich zur Mülldeponie fahren lässt und Berge von Müll durchwühlt auf der verzweifelten Suche nach der Kappe, die er achtlos weggeworfen hat, nein, das war es nicht, was er tun wollte, nein, das war es nicht.

Da machten seine Hände sich selbständig, handelten, als ob sie nicht zu ihm gehörten, zwei fremde Hände, die jemand ihm geborgt und aushilfsweise an die Arme geklinkt hatte, die Hände schoben sich zusammen, auf

Höhe seines Bauchs, kletterten höher, Zentimeter für Zentimeter, in aller Gemächlichkeit, würdevoll, zur Brust, zum Kinn, zur Stirn, und setzten Simon die Kappe wie eine Krone auf den Kopf. Sie saß perfekt, nein, sie passte sich seiner Kopfform an, schien sich in seine Haare zu wühlen, an seiner Kopfhaut zu nagen, es war, als schmatze die Kappe auf seinem Kopf, als vertilge sie etwas da oben, vielleicht seine Haare, seine Gedanken, einen Teil seines Hirns, irgendwas fraß sich seinen Weg zu ihm hinein, er spürte ein Knistern, etwas, was tief in ihm geschah und zugleich auf der Oberfläche, ganz so, als kehre sich alles in ihm Verborgene nach außen und alles Äußere nach innen, er blickte an sich hinunter, auf das, was er immer für den wichtigsten Teil seiner selbst gehalten hatte, auf seinen Körper, das Greifbarste, Sichtbarste seiner selbst, das, was seine Identität ausmachte wie nichts anderes, und Simon schien, als löse sich sein Körper auf, langsam, Stück für Stück, und dieses Verschwinden seiner selbst fiel nicht wie ein Schleier über ihn, sondern durchkroch seinen Körper von innen wie ein Wurm und sickerte zugleich von außen wie eine Flüssigkeit an ihm hinab, es verschwand zunächst seine Brust, und Simon sah, wie sein Bauch sich auflöste, seine Arme, seine Hände, Beine, Füße, so lange sah er an sich herab, bis er vollständig bekleckert war von nichts. Ich erblinde, dachte Simon, aber dann merkte er, dass er den Boden noch sehen konnte, auf dem seine Füße stehen mussten, auch die

Tür konnte er noch sehen und den Läufer im Flur, das Schränkchen, nur sich selbst konnte er nicht mehr sehen: sein Körper verschwunden. Er hob die Hände und sah durch sie hindurch auf die Wand, sah das Fehlen der Hände, schrie furchtbar laut und musste die Augen schließen, weil er die Kraft nicht hatte, auszuhalten, was geschah, das ist nur ein Traum, dachte er zitternd, zwang sich dazu, das zu denken, obwohl er wusste, dass es nicht stimmte, musste es denken, um nicht den Verstand zu verlieren, ich werde die Augen aufschlagen, dachte Simon, und alles wird sein wie vorher, etwas anderes ist undenkbar. Doch als er die Augen öffnete, war er immer noch verschwunden.

Unsichtbar, dachte Simon zum ersten Mal, er griff zum Kopf und zerrte an der Kappe, die sich widerspenstig löste, warf sie von sich, stand da, schaute auf seinen Körper, und der nahm langsam wieder Gestalt an, Simon atmete auf, rieb sich Arme und Beine, als sei ihm kurz kalt gewesen und als könne er mit der Wärme auch die Sichtbarkeit zurück in seinen Körper reiben, betastete sich, um sich zu vergewissern, dass er da war, dass er existierte, dass er wirklich und lebendig in Zeit und Raum stand, lief sogar ins Bad, blickte in den Spiegel, sah sich selbst an, unverändert bin ich, dachte Simon, so, wie ich mich kenne, dasselbe Gesicht wie vorher, aber Simon tastete auch den Spiegel noch ab, als traue er ihm nicht, zählte seine Atemzüge, verließ das Bad, ging in den Flur, sah die Kappe dort liegen, die

Innenseite nach oben gekehrt, noch einmal strich sich Simon über die Haare.

Draußen klopfte jemand. Klingelte. Simon stieg über die Kappe hinweg, ohne nachzudenken, er riss die Tür auf, dort stand die alte Frau Kubelik, und ehe sie etwas hätte fragen können, rief Simon schon: »Können Sie mich sehen?«

»Ja«, sagte Frau Kubelik. »Ich habe doch meine Brille auf.«

Simon wusste nicht, was er sagen sollte, er stand da, hielt die Tür in der Hand, halb geöffnet, die Kappe auf dem Boden im Flur, nicht sichtbar für Frau Kubelik.

»Ich habe Schreie gehört«, sagte Frau Kubelik. »Ist alles in Ordnung? Ich habe gedacht, ich schaue mal nach.«

»Ja, danke«, hörte Simon sich sagen, »das ist lieb, das ist nett, danke, Frau Kubelik, alles in Ordnung, ich hab, das war, es ist so, der Fernseher, ich hab ihn zu laut gestellt.«

»Das ist ja nicht schlimm, ich dachte nur, das ist der junge Mann von nebenan, der schreit. Vielleicht ist was passiert. Ich dachte, naja, ich gucke lieber mal nach.«

»Danke, werd mich revanchieren. Wenn Sie mal was brauchen, wenn Sie mal Hilfe brauchen, Frau Kubelik ...«

»Dann will ich mal wieder.«

Simon hoffte, dass Frau Kubelik nichts von seiner Aufgelöstheit bemerkt hatte, er rutschte mit dem Rücken an der Wand zu Boden, betrachtete die Kappe und dachte, das ist nicht wahr, das kann nicht sein, das ist, aber wenn es wahr ist, dann werde, dann kann, ich muss zur Ruhe kommen, wo ist sie hin, meine liebgewonnene Ruhe, seit Gregor hier war, ist sie mir abhanden gekommen. Und Simon dachte an Anna. An Anna zu denken besänftigte ihn für gewöhnlich. Er dachte an ihre behutsame Art, die Dinge zu verrichten, dachte daran, wie sie die Blätter der Pflanzen zwischen den Fingern rieb, um herauszufinden, wie viel Wasser sie brauchten, dachte daran, wie gründlich und sacht sie den Pizzateig ausrollte, wie sie vom dritten in den vierten Gang schaltete und die Hand noch eine Sekunde länger als nötig auf dem Schalthebel ließ, und wie gleichmäßig sie sich eincremte, am Abend, wenn sie vorm Spiegel saß. Doch ruhiger wurde Simon nicht. Er stopfte die Kappe in einen kleinen Rucksack, verließ seine Wohnung, ging zur Haltestelle, sah sich nach allen Seiten um, hielt instinktiv Ausschau nach Gregor, ob dieser vielleicht in der Nähe lauerte, und als er sich vergewissert hatte, dass dem nicht so war, stieg Simon in die Straßenbahn, fuhr zum Bahnhof, suchte die Schließfächer auf, fluchte, weil er kein Zwei-Euro-Stück zur Hand hatte und deshalb am Kiosk einen Müsliriegel kaufen musste, ging mit dem Kleingeld zurück, wählte Schließfach 1267, legte den Rucksack hinein und schloss ab.

8

Als Simon am nächsten Morgen die Zeitung in seine linke Jackcttasche stopfen wollte, fiel ihm auf, dass dort drinnen noch immer die Hälfte der gestrigen Bögen steckte. Die andere Hälfte in der rechten. Simon quetschte die neuen Bögen hinzu, und die Jacketttasche fühlte sich jetzt dick gepolstert an wie eine Schutzweste, die sein Herz vor Anschlägen aller Art bewahren sollte. Er ging zur Haltestelle und wartete dort. Die Straßenbahn kam an, Türen öffneten sich, Menschen stiegen aus und ein, Türen schlossen sich, aber Simon blieb reglos stehen. Alles geschah genauso wie jeden Morgen, nur er selbst war nicht mehr dabei. Nachdem auch die zweite Bahn ohne ihn verschwunden war, überquerte Simon die Schienen und wartete, bis sich die Straßenbahn aus der Gegenrichtung näherte. Er ließ sich zum Bahnhof fahren und holte seinen Rucksack. Wieder zu Hause, schloss er von innen die Wohnungstür ab und ließ den Schlüssel schräg stecken. Er sah in jedem Zimmer nach, aber Gregor war immer noch nicht zurückgekommen. Jetzt wollte Simon wissen, was genau da passiert war, gestern, er wollte alles noch einmal erleben, und ohne Zögern trat er in die

Mitte des Raums, packte die Kappe aus und setzte sie sich auf den Kopf.

Alles geschah genauso wie tags zuvor. Nur blieb Simon diesmal ruhiger. Was wir für Gewohnheitstiere sind, dachte er. Das Ungeheuerlichste ertragen wir, wenn es sich wiederholt. Vielleicht haben wir deshalb solche Angst vorm Tod, weil wir wissen, dass er nur einmal zuschlägt: Der Tod ist kein Wiederholungstäter. Simon blickte an sich hinab: unsichtbar. Er fühlte sich nackt. Das Selbstverständlichste fehlte. Er tat einen ersten Schritt in die Wohnung hinein, unsicher, wie bei einem Kind, das gerade Laufen lernt. Er wäre beinah gestürzt. Er sah zwar, wo er hintrat, aber nicht, *womit* er hintrat. Wie selbstverständlich er immer hatte gehen können, weil er, wenn auch aus den Augenwinkeln heraus, gesehen hatte, dass sein Körper da war. Er schloss die Augen und fand sich besser zurecht. Jetzt, wo er das Fehlen seines Körpers nicht mehr sah, stellte sich ein Gefühl ein, das er gut kannte. Mit geschlossenen Augen wusste sein Geist genau, wo sich welcher Körperteil befand, sein Hirn hatte der Vorstellung Bahnen vorgegeben, in denen sich Simon bewegen konnte, er spürte seinen Körper jetzt besser, wusste intuitiv, wie er welchen Schritt zu setzen hatte, um den Raum zu durchmessen. Er tastete sich durchs Wohnzimmer in den Flur und dann ins Bad, legte die Hände auf den Rand des Waschbeckens, öffnete die Augen, sah in den Spiegel, und diesen Blick, diesen nächsten *Augen*blick würde er niemals vergessen. Er sah nichts, weder Gesicht noch Kappe noch Augen, nichts von dem, was er an jedem einzelnen Morgen seines Lebens gesehen hatte. Er fuhr herum, schaute nach hinten, suchte sich in seinem Rücken, dachte, ich muss doch irgendwo sein, es muss mich doch geben irgendwo, aber das war nur ein Reflex, der sinnlos verpuffte, und Simon war froh, dass seine Hände ihn am Waschbecken festhielten, er hätte sonst den Halt verloren. Der Impuls, die Kappe abzureißen, war größer als gestern, aber Simon widersetzte sich, er verließ das Badezimmer, diesmal hielt er die Augen geöffnet, das Gehen klappte schon etwas besser, doch Simon war froh, wenn er auf dem Weg an einem Stuhl oder Schrank vorbeikam, an den er seine Hände legen konnte. Er setzte sich in den Sessel. Das Atmen, auf das er sich jetzt konzentrierte, beruhigte ihn noch mehr als sonst. Wie merkwürdig, dachte Simon, dass man den Atem nicht sieht, der Leben ermöglicht. Nur im Winter sieht man ihn, als weiße Fahne vorm Mund, nur wenn uns kalt ist, nur wenn wir zittern. Simon fasste sich ans Gesicht. Alles war an seinem Platz. Er sah den Kopfhörer auf der Vitrine neben sich und griff danach. Simon wusste nicht, was er erwartet hatte, aber der Kopfhörer blieb sichtbar, schwebte, von seinen Händen gehalten, dicht vor ihm, als hinge er an einer Kordel und würde von oben durch die Luft gezogen. In diesem Augenblick klingelte das Telefon. Es war Brönner. Simon wusste, was kommen würde.

»Wo sind Sie?«, fragte Brönner.

»Hier. Zu Hause«, sagte Simon und freute sich, dass er den Humor nicht verloren hatte, fühlte die ganze Absurdität der Situation, seines Lebens.

»Warum haben Sie sich nicht entschuldigt?«

»Ich hab doch noch nie gefehlt«, sagte Simon.

»Was ist los mit Ihnen? Haben Sie verschlafen?«

»Nein. Mir ist nicht nach Arbeiten heute.«

Simon war verblüfft über diesen Satz. Er dachte, das kann ich nicht wirklich gesagt haben, das bin nicht ich, der so redet.

»Das geht so nicht, Herr Bloch«, sagte Brönner. »Steigen Sie bitte in die Bahn und kommen Sie her. Ich will nicht so sein. Jeder hat mal einen schlechten Tag.«

»Heute? Nein, ich weiß nicht. Ich bleib lieber zu Hause.« Simon spürte, wie er den Bogen langsam überspannte.

»Sind Sie krank?«, fragte Brönner. Sein Chef wollte ihm offenbar eine Brücke bauen. »Ist Ihnen nicht gut, haben Sie Sommergrippe? Kopfschmerzen?«

Simon legte eine Hand auf die Kappe. »Ja«, sagte er. »Kopfschmerzen, das trifft es vielleicht.«

»Schön. Gut.« Brönner schien erleichtert. »Dann ruhen Sie sich heute aus und kommen morgen in alter Frische.«

»In Ordnung.«

»Dann bis morgen.«

»Bis morgen«, sagte Simon.

Er sah, wie das Telefon zurück zum Schränkchen schwebte. Dann ging er ins Bad. Simon schaute noch mal in den nackten Spiegel. Das tat gut jetzt. Er warf sich Wasser ins Gesicht, die Tropfen fielen ins Waschbecken und wurden im Fallen erst sichtbar. Und dann nahm er die Kappe vom Kopf und spürte einen leisen Stich am Schädel. Simon sah sein Gesicht wieder im Spiegel erscheinen. Als würde ein Zeichner es skizzieren, mit grob hingeworfenen Strichen. Er sah seine Augen, und langsam stellte sich sein altes Selbstgefühl wieder ein, aber das schien ihm mit einem Mal schrecklich fad. Das bin ich?, fragte er sich, drehte die Kappe um und schaute hinein, fand fünf frische Haare, meine Haare, dachte Simon, zupfte sie raus und ließ sie vom Wasser wegspülen. Meine Kappe, dachte er, meine Kappe. Hatte plötzlich Angst, Gregor könnte in seine Wohnung dringen und ihm die Kappe wegnehmen. Er rief den Schlüsseldienst an und vereinbarte für den Nachmittag einen Termin. Dann fuhr er zum Bahnhof und legte den Rucksack mit der Kappe ins Schließfach, ging spazieren, atmete tief und frei, diese Leute, dachte Simon, diese anderen da, die sehen mich und denken, ich bin ein gewöhnlicher Mensch, die laufen an mir vorbei, ohne mich wahrzunehmen, und die wissen noch nicht, dass sie bald an mir vorbeilaufen werden und mich nicht mehr wahrnehmen *können*. Er freute sich wie ein Kind auf den Augenblick, an dem er mit Kappe in die Welt treten würde, denn genau das wollte er tun, aber, dachte er, ich muss mich erst an die Kappe gewöhnen und lernen, mich unter ihr zu bewegen, ich werde das Neue zähmen wie meine Zeitung, immer ein bisschen länger unter der Kappe bleiben, immer ein bisschen mehr riskieren, ich muss die Kappe zu einem Teil meiner selbst werden lassen, erst dann kann ich den Menschen gegenübertreten und der Welt ins Gesicht sehen.

9

Simon stand schon an der Haustür, als er auf der anderen Straßenseite Frau Kubelik sah. Sie schien auf jemanden zu warten. Simon überquerte die Straße und begrüßte sie.

»Schon unterwegs?«

»Wo geht's denn hier in die Stadt?«, fragte Frau Kubelik.

Simon sah sie fragend an. Soweit er wusste, lebte Frau Kubelik seit mehr als fünfzig Jahren in diesem Haus.

»Das wissen Sie doch!«

»Meinen Sie, Sie könnten mich ein Stückchen begleiten?«

Simon sah sie an. »Warum nicht?«, sagte er.

»Das ist freundlich von Ihnen, junger Mann«, sagte Frau Kubelik. »Ob ich mich unterhaken dürfte?«

»Natürlich.«

»Danke.«

Sie gingen los, Frau Kubelik schnaufte. Das dauert, dachte Simon, Mensch, das dauert, er fragte sich, worüber er jetzt mit ihr sprechen könnte und was er von Waltraud Kubelik wusste, ihr Mann war vor Jahren gestorben, Herzversagen, was für ein Wort, das Herz ein Versager, Motor, der zu pfeifen beginnt, zu stottern, zu klopfen, das menschliche Auto rollt aus, noch ein Sprotzen, dann bleibt es stehen, fährt nicht mehr, das Auto, der Automat, der Selbstläufer, Simon verscheuchte seine Gedanken und sagte: »Schönes Wetter heute.«

»Ja, dabei haben die Gewitter angesagt.«

»Was die immer ansagen.«

»Jaja, das stimmt nie.«

»Genau.«

»Wer kann schon wissen, was passiert?«

»Genau.«

»Das Wetter macht, was es will«, sagte Frau Kubelik. »Das Wetter kann es sich im letzten Augenblick anders überlegen.«

Was für ein Satz, dachte Simon und nickte.

»Jetzt gehen wir erst mal frühstücken!«, sagte Frau Kubelik, und Simon zuckte zusammen. Dann aber sagte er sich: Ich kann sie nicht allein lassen, jemand muss bei ihr bleiben, und als sie im Café saßen, redete Frau Kubelik über ihr Leben, Simon gab sich Mühe, ihren Worten zu folgen, aber die waren so sprunghaft, dass er nicht viel verstand. Frau Kubelik löffelte eine halbe Pampelmuse. Dann gingen sie in den Park, Frau Kubelik setze sich mit Simon auf die Bank, lehnte ihren Kopf an seine Schulter, schlief ein, und Simon regte sich nicht, bis sie zu sich kam und sagte: »Jetzt geht es weiter.« Nachdem sie ein paar Sachen eingekauft hatten, kehrten sie heim, Simon brachte ihr die Tüten in die Küche und verabschiedete sich. Er konnte nicht umhin zu denken: endlich. Frau Kubelik sagte nichts, aber in einer plötzlichen Anwandlung fiel sie ihm um den Hals und drückte ihn heftig. Simon löste sich aus der Umarmung, trat in den Flur und hätte eigentlich froh sein sollen über das, was er für Frau Kubelik getan hatte, aber ihre Abschiedstraurigkeit hatte etwas Ansteckendes, und Simon wusste plötzlich: Der heutige Tag war nichts weiter als ein Tropfen auf den heißen Stein der Einsamkcit. Da sah er Frau Kubeliks Zweitschlüssel: Er baumelte an einem Nagel direkt neben der Tür, an fast der gleichen Stelle, wo auch Simon seinen Zweitschlüssel aufbewahrt hatte. Er überlegte nicht lange, steckte ihn ein und trat ins Treppenhaus.

In den kommenden Tagen fiel es Simon ungeheuer schwer, seinen gewohnten Tagesablauf beizubehalten. Aber er wollte nicht auffallen, alles musste so weitergehen, wie er und alle anderen es gewohnt waren. Er faltete die Zeitung, fuhr zur Arbeit, grüßte seine Kollegen, setzte sich, trank ab und zu einen Schluck Kaffee, schrieb Briefe, telefonierte und freute sich den ganzen Tag darauf, am Abend zum Bahnhof zu fahren und die Kappe zu holen. Zu Hause aß er etwas, das heißt, er schlang das Essen förmlich in sich hinein, die Kappe neben ihm auf dem Tisch. Simon ließ das Geschirr stehen, ging ins Wohnzimmer, sammelte sich, als bereite er einen Sprung vom Zehn-Meter-Turm vor und stellte sich breitbeinig hin. Das Ganze wurde mehr und mehr zum Ritual. Wie er liebevoll über die Kappe strich, sie fast beschwörend ansah, kurz bevor er die Augen schloss. Wie er die Luft anhielt. Wie er die Hände hochwandern ließ. Wie er die Kappe auf den Schädel setzte. Wie die Hände noch eine Weile an der Oberfläche hafteten, als wollten sie prüfen, ob die Kappe richtig saß, nein, als wollten sie herausfinden, ob sie sich dort oben auf dem Kopf bewegte, denn genauso fühlte es sich an, wenn sie sich in ihn fräste. Simon gab der Kappe Zeit, ihr Werk zu vollenden. Er ließ die Augen so lange geschlossen, bis er sicher war, verschwunden zu sein. Und dann übte er. Abend für Abend. Bewegungen, zunächst Gehen, dann Springen, auch Auf-der-Stelle-Laufen, alles, ohne sich zu sehen, obwohl er die Augen offen ließ, er lernte schnell, verbrachte die nächsten Abende auf diese Weise, zu Hause, allein, unsichtbar, bekam ein Gespür für das Fehlen seiner selbst, verlor die Angst vorm Verschwinden, im Gegenteil, das Abtauchen unter der Kappe wurde zum ersehnten Höhepunkt des Tages, Simon bewegte sich immer freier unter der Kappe, sprang auf Stühle, auf den Tisch, aufs Sofa, robbte, balancierte, wippte, schlug Purzelbäume, tat alles, was er mit seinem sichtbaren Körper ohne Schwierigkeit zu tun in der Lage war. Ein merkwürdiges neues Körpergefühl, das er lernen musste. So etwas wie die Anwesenheit des Abwesenden. Er spielte auch Klavier unter der Kappe, und während er spielte, hatte er das Gefühl, dass nicht mehr er es war, der spielte, sondern etwas anderes in ihm. Er versuchte die Musik festzuhalten, aber es gelang ihm nicht. Wollte er unter der Kappe die Noten aufs Papier malen, störte er sich am frei in der Luft schwebenden Bleistift; nahm er die Kappe ab, verschwanden die Melodien in dem Augenblick, da er sich selbst wieder sehen konnte. Er dachte viel nach in diesen Tagen, über sich, über seinen Körper, über das, was ihm bislang als so selbstverständlich erschienen war. Was hatte er früher gemeint, wenn er von *Ich* sprach? Seinen Körper? Seinen Geist? Das Bewusstsein seiner selbst? Wie viel Selbstbewusstsein steckte im Körper? Wie viel im Geist? Seinen Körper hatte er immer sehen können, seinen Geist nie. Mit *Ich* hatte er aber beides gemeint: Körper und Geist. Jetzt war auch der Körper nicht sichtbar, doch immerhin fühlbar, und es wurde zu einem Tick, dass Simon sich alle paar Sekunden mit der linken Hand in den rechten Arm kniff, in den Oberschenkel oder in den Bauch, es wurde zum Ritual der Selbstvergewisserung, dass er nur sicher war, da zu sein, wenn er sich fühlte. Das also, dachte Simon, ist es, was man Gefühl nennt, Gefühl für sich selbst. Simon fiel auf, dass der Stich, der ihn durchzuckte, wenn er die Kappe abnahm, von Mal zu Mal stärker wurde und nach einer Woche schon leichter Schmerz genannt werden konnte. Auch nahm die Anzahl seiner Haare zu, die er nach dem Absetzen aus dem Innern der Kappe entfernte. Aber Simon wischte alle aufkommenden Bedenken beiseite, zu kostbar waren ihm die Stunden, in denen er sich selbst nicht sah. Was für eine Entlastung, dachte Simon, sich selbst für ein paar Stunden nicht sehen zu müssen, nicht zu sehen, wie man sich abstrampelt, wie man seinen Körper-Esel durch die Welt treibt, ohne zu wissen, warum. Er fühlte Leichtigkeit, Losgelöstheit, Linderung vom ewigen Schleppen des Körpers. Kurz: Er war glücklich.

10

Die Woche über hatte er zwar weiter die Zeitungen zusammengefaltet, aber keine Muße gefunden, sie zu lesen, weil er während der Fahrt nur seinen Gedanken nachhing. Auf diese Weise hatte er nicht nur die Innentaschen, sondern auch die Außentaschen des Jacketts sowie seine Aktentasche mit den Zeitungsbögen gefüllt, und als er am Samstag von der Arbeit nach Hause kam, warf er den ganzen Wust in die Tonne fürs Altpapier und fühlte sich endlich unbeschwert, bereit für den Sturz ins Neue. Simon wartete noch bis zum Abend, und während er wartete, hörte er einige Platten mit Filmmusik. Um acht Uhr setzte er die Kappe auf: Der unsichtbare Simon Bloch nahm den Zweitschlüssel zu Waltraud Kubeliks Wohnung und hielt den Atem an, als er ins Treppenhaus trat, sein Ohr an die Tür der Kubelik-Wohnung legte, nichts Verdächtiges hörte, den Schlüssel ins Schlüsselloch steckte, sich mit einem Ruck hineinschob, und erst dort, im dunklen Flur, atmete er wieder, wartete, aber nichts geschah. Er sah im Wohnzimmer nach: niemand. Aus der Küche hörte er Waltraud Kubeliks Stimme. Sie war also nicht allein. Egal, Simon war so weit gekommen, er vertraute der Kappe, er musste sich Gewissheit verschaffen, schleichend, geübt, gewandt, besoffen von seiner Unsichtbarkeit betrat Simon die Küche und musste feststellen, dass Frau Kubelik gar keinen Besuch hatte, sondern mit sich selbst redete. Sie saß am Küchentisch und schälte eine Banane. Simon stellte sich ihr schräg gegenüber, so, dass Frau Kubelik ihn sehen musste, wenn sie ihn denn sehen konnte. Sie reagierte nicht. Sie schälte weiter die Banane, schnitt sie klein und schob die Scheibchen Stück für Stück in den Mund. Simon setzte sich auf die Kante des Tischs, direkt in Frau Kubeliks Blickfeld. Sein Herz schlug so laut, dass er glaubte, sie müsse es hören, und er fühlte, wie sich sein Gesicht kurz zu einer Fratze verzog. Um ganz sicher zu gehen, hob Simon die Hand und machte eine Bewegung dicht vor Frau Kubeliks Augen, so nah kam er ihrem Gesicht, dass er sie beinah berührt hätte, aber Frau Kubelik kaute, schluckte, redete weiter, trank schwarz-braune Brühe, die weder wie Kaffee noch wie Kakao aussah, und rieb mit ihrem rechten Zeigefinger das Tischtuch glatt. Simons innerer Jubel über das, was geschah, drohte ihn zu überwältigen, es war ein Gefühl von Macht und Grenzenlosigkeit. Er musste sich zusammenreißen, durfte die Kontrolle nicht verlieren, keine wilde Bewegung machen, er musste leise sein. Wenn ich was vom Tisch werfe, dachte er, wenn ich hier einen Stuhl umstoße, das überlebt sie nicht, die erschrickt zu Tode. Simon schob sich vom Tisch und suchte nach einem Platz, von dem aus sich alles gut beobachten ließ. Er setzte sich auf die Eckbank. Simon achtete jetzt auf Frau Kubeliks Worte und begriff: Sie sprach mit ihrem Mann, mit dem verstorbenen Ansgar Kubelik, schien ganz in sich versunken, blickte nicht hinaus in die Welt, sondern in die Erinnerung.

Simon blieb den ganzen Abend bei Frau Kubelik und sah ihr beim Leben zu. Es gab nicht viel zu sehen, ein langweiliges Leben, das wie abgestellt vor sich hin lief oder eben nicht lief, ein Nicht-Leben, geprägt von Dingen, die Frau Kubelik nicht tat, es war ein Leben des Wartens, des Sitzens, des Blätterns in Illustrierten, ein Leben des Aus-dem-Fenster-Schauens, des Mangels und Ausbleibens, und Simon schauderte, als er diesem Lebensvollzug zusah, eine Lebensvollzugsanstalt, so nannte er Frau Kubeliks Wohnung, und das einzig Nennenswerte war das Gespräch mit ihrem verstorbenen Mann, denn Frau Kubelik ging wie selbstverständlich davon aus, dass Ansgar noch bei ihr war, hier, in ihrer Wohnung. Gewöhnliche Dinge erzählte Frau Kubelik, etwas, was sie gelesen hatte, in den Illustrierten, belanglose Geschichten, sie glich einer Gefängnisinsassin in Isolationshaft, die ab und zu mit sich selbst reden muss, Zunge bewegen, Lippen befeuchten, Worte nach draußen schaufeln, egal zu wem, nur irgendwohin, weil die angestauten Gedanken das Innere zu verschütten drohen, weil all das Unausgesprochene zu einer Last wird, die abgetragen werden muss, in die Halde der

Welt gekippt, um nicht dran zu ersticken. Je länger Simon zuhörte, umso trauriger wurde er. Durch das eingleisige Gespräch schimmerte das Unbeantwortete, das Schweigen, der Tod des Gatten, die gesagten Worte blieben einsam zurück, wie ausgesetzte Hunde, dachte Simon und stellte sich ausgesetzte Hunde vor, die auf dem Rastplatz winseln, sich in alle Richtungen drehen und nicht wissen, wohin sie sollen, Hunde, die bellen, die sich hinlegen und ängstlich auf die Rückkehr ihrer Herrchen warten, Hunde, die zusammenzucken, bei jedem Geräusch, aber noch nicht wissen, dass man sie verlassen hat, für immer, dass nichts und niemand mehr kommen wird, höchstens ein Hundefänger, um sie in ein Heim zu bringen oder aber: Einschläferung. Simon blieb länger, als er es sich vorgenommen hatte. Er beobachtete Frau Kubelik beim Abendbrot, sah zu, wie sie eine Stulle schmierte. Die Häppchen zwischen die Lippen schob. Darauf herumkaute. Wasser trank. Die Hände in den Schoß legte. Auf die Uhr sah. Das Geschirr in die Maschine räumte. Die Krümel mit der Fingerspitze auflas. Die Fingerspitze in den Mund steckte. Den Tisch gründlich abwischte. Dann ging sie ins Bad. Die alte Frau stand vorm Waschbecken, pflückte ihr Gebiss aus dem Mund, ließ Wasser in ein Glas laufen und warf eine Tablette hinein, die sich zischend auflöste. Wie die Restlebenszeit, die ihr noch bleibt, dachte Simon, ein kurzes Sprudeln noch, dann ist es vorbei. Mit zahnlosen Lippen machte Frau Kubelik kauende Bewegungen, als steckten ihr noch Essensreste in den Backentaschen, aber im Grunde kaute sie nur auf ihrem Zahnfleisch. Dieser Mund sah jetzt schrecklich eingefallen aus, furchtbar schlabbrig, so ganz ohne Zähne. Als Frau Kubelik sich zu entkleiden begann, ging Simon ins Schlafzimmer. Er setzte sich neben das Bett auf einen Stuhl und wartete. Bald erschien Frau Kubelik, ein Nachthemd über den Körper geworfen. Und es geschah etwas, womit Simon nicht gerechnet hatte. Nach einem Gesätz Rosenkranz, nach Abendgebet und Befeuchten von Stirn, Brust und Schultern mit Wasser aus dem zuckerdosengroßen Weihwasserschälchen an der Wand, da geschah es, dass Frau Kubelik, obschon bereits im biblischen Alter, fast ruckartig den Zeigefinger, der vom Weihwasser noch feucht war, unter die Bettdecke schob, um dort etwas zu tun, das sich dem Blick Simons entzog, der immer noch auf dem Stuhl neben dem Bett saß und den leisen Zuckungen zusah, die das Gesicht Frau Kubeliks zerfurchten. Niemals hätte Simon für möglich gehalten, dass eine alte Frau noch tat, was sie da tat, wenn auch alles seltsam verkleistert geschah. Als es vorbei war, öffnete Frau Kubelik ihre während des Akts geschlossenen Augen und drehte sich zur leeren Seite des Doppelbetts, das heißt, zu ihrem Mann, Ansgar, und sagte mit einer durch das Fehlen der Zähne matschig klingenden Stimme: »Mensch, Ansgar, du wilder Hund, du wilder!« Frau Kubelik schlug die Rückseite ihrer Hand sanft und spielerisch ins neben ihr liegende Kissen, noch einmal machte sie schnell das Kreuzzeichen, ehe sie ihre Lippen öffnete und »Gute Nacht, Ansgar!« sagte.

In diesem Augenblick beging Simon Bloch seinen ersten Fehler unter der Kappe. Er hätte später gar nicht mehr sagen können, wie es dazu gekommen war, vielleicht lag es an seiner Erleichterung darüber, dass der Abend einen so versöhnlichen Ausklang genommen hatte, oder daran, dass er Frau Kubelik ein wenig trösten wollte in ihrem verstorbenen halben Leben, vielleicht lag es auch daran, dass er sich seiner Unsichtbarkeit in den letzten Stunden allzu sicher geworden war, jedenfalls gab Simon eine Antwort. Das heißt: Er sprach. Er nahm die Rolle des verstorbenen Ansgar ein. Er sagte laut und deutlich: »Gute Nacht, Waltraud!« Simons Worte standen hart im Raum. Frau Kubelik fuhr herum, sah zum Stuhl, das Licht brannte noch, sie schrie: »Wer ist da!?« Simon biss sich auf die Lippe. Er stand langsam auf und tastete sich nach hinten. Die Tür war zu, und er käme nicht raus aus dem Zimmer, ohne für neues Aufsehen zu sorgen. Frau Kubelik schaute unters Bett, ächzte laut, sah im Kleiderschrank nach, konnte sich immer noch nicht beruhigen, öffnete die Tür, spähte hinaus, ging durch den Flur in die Küche, und Simon nutzte die Gelegenheit, sich davonzustehlen. Zurück in seiner Wohnung nahm er die Kappe vom Kopf und stöhnte. So lange hatte er sie noch nie aufgehabt.

11

Simon war wütend. Auf sich selbst. Auf seine Unvorsichtigkeit. Er hatte sich mitreißen lassen. Frau Kubelik hätte vor Schreck zusammenbrechen können. Das durfte nicht noch mal passieren. Er musste vorsichtiger werden, wenn er mit Kappe unter Menschen trat. Er fühlte sich müde und verzichtete am Sonntag auf das Aufsetzen der Kappe, grübelte, wie er die Dinge am besten in den Griff bekommen könnte. Sein Kopf platzte vor Möglichkeiten. Das, dachte Simon, wird ein neues Leben werden, das, dachte er, wird der Wandel sein, der Anfang. Er verfluchte den Montag. Er hätte jetzt mehr Zeit für sich gebraucht, statt zur Arbeit zu trotten. Trotzdem, er wollte nicht, dass alles zusammenbrach über ihm und er sich nur noch unter der Kappe verkroch. Er wollte versuchen, Schritt zu halten. Dazu brauchte er sein altes Leben, seine Routine. Doch als er am Montagmorgen das Haus verließ, fiel ihm die Zeitung auf, die immer noch im Rohr an der Haustür steckte. Simon zuckte mit den Schultern und ließ sie dort. Im Büro fühlte er angenehmen Schwindel. Nach und nach tröpfelten die Kollegen ein. Die Zeit xte sich aus. Simon schrieb. Ohne Überzeugung. Ohne Beteiligung. Ohne Lust. Suchte einen nüchternen Ton für die Briefe, aber fand ihn nicht. Nicht heute. Nicht für diese Armada der sich pausenlos Beschwerenden. Nicht für dieses niemals zu stopfende Loch ewiger Unzufriedenheit. Simon saß eine Weile da und tat nichts. Irgendwann legte er sein Gesicht vorsichtig in die Handflächen, als sei es eine kostbare, frisch enthüllte Skulptur. Den Kollegen fiel nichts auf. Nur Frau Hackethal kam an seinen Schreibtisch und fragte, ob alles in Ordnung sei. Simon schreckte hoch, nickte, lächelte, bedankte sich, merkte, wie Frau Hackethal noch etwas fragen wollte, sich aber irgendwie nicht traute, wusste selber nicht, was er hätte sagen können, um ein Gespräch anzuknüpfen, unter Kollegen, Frau Hackethal klopfte kurz auf seinen Tisch, sagte »Also dann!« und setzte sich wieder an ihren Platz. Frau Hackethal, dachte Simon und blickte ihr nach, Miriam, was sind Sie für ein Mensch? Wer weiß, dachte er, vielleicht werden wir uns bald wiedersehen, das heißt, *ich* werde *Sie* wiedersehen, und Simon schluckte fehlenden Speichel bei diesem Gedanken, weil er die absolute Einseitigkeit jeder Begegnung spürte, die nun mit der Kappe auf ihn zukäme. Erregt kniff er die Augen zusammen, sah sich um: ein überscharfes Bild des Büros, in dem er arbeitete, dieser unverrückbare Fortgang des ewig Gleichen, das Tag für Tag, Morgen für Morgen, Stunde für Stunde in diesem Büro und in allen Büros der Welt geschah. Simon gab sich einen Ruck und zog den letzten Konrady-Brief hervor. »Polnischer Abschaum«, schrieb Konrady. Nach wiederholter, auch schriftlicher Aufforderung, endlich das Kreischen und Planschen im Garten zu unterlassen, sei bis dato immer noch nichts geschehen, und wenn ihm, Konrady, beim Heckenschneiden die Heckenschere aus den Fingern gleite, könne er nichts dafür, wenn neben der Hecke das Planschbecken stehe. Außerdem hätten die Gören ihm eine in Scheiben geschnittene Banane unter die Fußmatte gelegt. »Früher wäre so was nicht passiert«, schrieb Konrady, »früher hätten wir die Kinder in Erziehungslager gesteckt.« Da machte etwas *klick* in Simon, er holte Luft und schrieb eine wütende Antwort, einen alles zertrümmernden Brief, in dem er schonungslos darlegte, was er wirklich über Herrn Konrady dachte. Simon wusste, wenn er diesen Brief abschickte, wäre das gleichbedeutend mit seiner Entlassung, aber es verschaffte ihm ungeheure Befriedigung, er tütete den Brief ein und legte ihn in den Postausgang. Einmal unter Strom kniete er sich mächtig rein, tippte Antworten, schrieb immer schneller, arbeitete unermüdlich, man brachte ihm, als sein Stapel geschrumpft war, einen neuen, und während er schrieb, dachte er pausenlos an die Kappe. Simon tippte weiter, als alle in der Mittagspause waren, aß nichts, trank nichts, tippte, als sei das Tippen für ihn Luft zum Atmen und Nahrung zugleich, wühlte sich durch Stapel, legte keinen Brief zur Seite, schrieb keine Aufschub-E-Mail, beantwortete alles umgehend. Als die Kollegen einer nach dem anderen Feierabend machten und das Büro verließen, blieb Simon sitzen. Er besaß als ältester Mitarbeiter einen Schlüssel für die Büro-Etage, die Kollegen dachten, er wolle seinen Schreibtisch ein wenig freiräumen, aber das stimmte nicht. Eine Besessenheit trieb ihn an, immer weiterzumachen, und hinter dieser Besessenheit stand sein Lebenswunsch, der ihn begleitete, seit er hier, bei Brönner, zu arbeiten begonnen hatte, es war der Wunsch, endlich fertig zu werden. Er arbeitete mit Schweißperlen im Gesicht, es war, als hätte er statt Augen zwei Münder unter der Stirn, die sämtliche Zuschriften in sich hineinschlangen und Antworten ausspuckten, aufs Papier, in den Monitor, es wurde Mitternacht, die Stapel lichteten sich und Simons Eifer wuchs, je sichtbarer das Ziel ihm vor Augen stand. Es störte ihn auch nicht, dass um ein Uhr morgens noch eine neue Beschwerde-E-Mail eintraf, er beantwortete sie, beantwortete auch die prompte Antwort des Schreibers, und dann war Ruhe. Die Ablageschale mit der ausgehenden Post quoll über. Simon nahm die Briefe und legte sie auf die Theke neben dem Eingang. Noch einmal kehrte er zurück zu seinem Schreibtisch, setzte sich und tippte den letzten Brief, seine Kündigung: Er schob sie durch den Türschlitz in Brönners Büro. Den Schlüssel warf er in den Briefkasten, nachdem er die Tür endgültig und zum letzten Mal hinter sich zugezogen hatte.

Die Nacht war klar, kalt, fahrig. Ein Wind zuckte um die Büsche des Parks. Simon zitterte. Er wusste genau, woher das Zittern kam: Er hatte die Kappe nicht mehr aufgesetzt seit, ja, seit mehr als achtundvierzig Stunden. Alles in ihm gierte danach, genau das jetzt zu tun. Er wusste, seine Arbeitswut war nicht nur dem Wunsch entsprungen, endlich fertig zu werden, nein, die Wut war zugleich eine Flucht gewesen, eine elende Flucht in die Ablenkung. Um eine Sache nicht zu tun: die Kappe aufsetzen. Um eine Sache nicht zu sehen: dass er schon süchtig war. Wie ferngesteuert eilte er zum Bahnhof, befreite die Kappe aus dem Rucksack, verbarg sie unterm Hemd, weil er sie auf der Haut spüren wollte, und stolperte zurück in die Nacht. Erst im dunklen Park knöpfte er sein Hemd auf, um die Kappe aus dem Bauch zu holen, nicht er selbst tat dies, sondern seine Arme, fünfköpfige Schlangen, die zum Kopf krochen, und die Erleichterung, die ihn durchfloss, ließ Simon aufatmen, jetzt war er wieder er selbst, vollständig, mit Kappe, ganz und gar Simon Bloch, in Sicherheit, es konnte ihm nichts passieren, und die Hände drehten sich vor seinen Augen, nur damit er sah, dass er sie nicht mehr sehen konnte.

Es galt, die Kappe auszukosten. Sich einen neuen Platz im Leben zu suchen. Nur wie? Am besten einfach drauflos, dachte Simon. Zunächst beobachtete er allerhand Taxifahrer und begleitete Nachtschwärmer, dann aber, als die Sonne aufgegangen war, holte er tief Luft, spürte Licht und Wärme auf einer Haut, die er selber nicht sah, drehte sich im Kreis, breitete die Arme aus und blinzelte nach oben, die Luft schmeckte seltsam gut, es roch nach zerquetschten Maikäfern. Alles war wüst. Eindrücke überschwemmten ihn. Die Menschen krochen aus ihren Löchern, und Simon ließ sich mitreißen, gab sich dem Strom hin, flog von einem Menschen zum anderen, niemand beachtete ihn, aber das war kein großer Unterschied zu seinem Leben ohne Kappe, auch da war man achtlos an ihm vorbeigelaufen. Simon begleitete die Leute ein Stückchen, schnitt Grimassen, machte Faxen, fuchtelte mit den Armen, keiner reagierte. Er wollte jetzt alles auf einmal aufnehmen. Man sah anders, wenn man nicht gesehen wurde, Bäume, Böden, Bänke, alles funkelte fremd. Die Menschen waren mit sich selbst beschäftigt. Einige sprachen in Handys, andere schauten teilnahmslos vor sich hin, auf den nächsten Schritt, der vor ihnen lag. Manche eilten, andere schlurften, alle mehr oder weniger unbeteiligt, ohne Augen für die Umgebung, die sie schon oft in ihrem Leben durchmessen hatten, alle schienen zu wissen, wohin sie wollten, hatten ein Ziel, unsichtbar, wie eingestanzt. Simon hörte ein Geräusch in seinem Rücken und drehte sich um: ein Surren von Rädern, ein Skateboardfahrer, der auf dem Bürgersteig fuhr, schnell. Direkt auf Simon zu. Der weicht noch aus, dachte Simon, und dieser alte Gedanke, dieser kappenfreie Gedanke war schuld daran, dass er nicht reagierte: Es gab einen Aufprall, und beide stürzten zu Boden. Simon war nur darauf bedacht, die Kappe aufzubehalten. Aber die saß bombenfest. Der Skateboardfahrer rieb sich die Schulter, ein Passant half ihm auf, Simon hörte die Worte, das wird schon wieder, halb so wild, er wisse auch nicht, wie das passiert sei, er habe das Gefühl gehabt, da sei ihm was im Weg gestanden, und sie sahen sich um, fanden aber nichts. Simon hockte dort und starrte in die Luft. Ihn fröstelte. Was wäre geschehen, dachte er, wenn der fremde, kalte Mensch aus der Welt der anderen ihn, Simon, gar nicht berührt hätte? Wenn dieser Skateboardfahrer durch ihn hindurchgerast wäre, ihn durchquert hätte wie einen leeren Raum? Nein, es war gut so: Dass er berührt werden konnte, gab ihm eine Sicherheit, noch da zu sein.

Er suchte ein Restaurant auf, stieg die Stufen hinab, öffnete die Tür zu den Toilettenräumen: Im Vorraum befand sich niemand. Simon wusch seine unsichtbaren Hände, die sich seit dem Sturz schmutzig anfühlten. Simon dachte kurz nach, hakte den Seifenspender aus der Verankerung, öffnete tastend die mittleren Knöpfe seines Hemds, legte den Seifenspender an den nackten Nabel, sah, wie das Ding im Nichts verschwand, als er Hemd und Jackett darüber schob, und dann wartete er. Nach ein paar Minuten betrat ein Mann den Vorraum, ging an Simon vorbei, Reißverschluss, Urinplätschern, Reißverschluss, Spülung. Am Waschbecken suchte der Mann den Seifenspender und fand ihn nicht, obwohl Simon neben der Box mit den Papierhandtüchern stand. Der Mann zuckte mit den Schultern und hielt die Hände unter den Hahn, ehe er sie trocknete und den Raum verließ. Simon jubelte stumm. Er wusste jetzt: Was er unterm Hemd trug, war genauso wenig zu sehen wie er selbst. Weder Seifenspender noch Taschentücher noch – Geldbündel. Als er nach draußen trat, strich er sein Jackett glatt und fühlte sich ein bisschen so, wie wenn man aus dem Kino kommt und zwei Stunden lang James Bond gesehen hat, den coolen, smarten und schönen James Bond, und sich dann, auf dem Weg nach Hause, auch ein klein bisschen so fühlt wie der coole, smarte und schöne James Bond und die Schritte ein wenig federn lässt und mit gewagtem Sprung das Mäuerchen nimmt und sich umschaut, ob auch alle Welt diesen Stunt gesehen hat.

12

Eine neue Kraft füllte ihn aus. Er fühlte sich jung und vor allen Dingen nicht mehr allein. Manchmal redete er mit sich selbst. Oder mit der Kappe. Er dachte nicht darüber nach, was er tun wollte, wenn er als Geist in die Welt trat, er tat die Dinge einfach. Das war wie ein starkes, inneres Jucken, das zwangsläufig ein Kratzen nach sich zog. Etwas trieb ihn dazu, mit den Menschen zu spielen. Er liebte es, sie zu erschrecken, und tat zunächst nichts anderes. Diese Blicke. Ihre Pupillen. Erwachen aus dem Einerlei. Einbruch des Unmöglichen. Angriff auf das Gewohnte. Simon sammelte die erschrockenen Blicke wie Schmetterlinge. Eine Vase fiel vom Tisch, ein CD-Spieler sprang an, eine Schranktür öffnete sich, ein Fenster knallte zu trotz Windstille, das Holz in der Wohnung knackte lauter als sonst, eine ferne Stimme raunte ein geheimnisvolles Wort. Die Leute fuhren herum, herausgerissen aus ihrem abgespulten Leben, Simon konnte ihre Herzen förmlich schlagen hören. Doch der Augenblick des Erschreckens wich sofort einem lächerlichen Drang, das, was nicht sein durfte, in den Käfig der Erklärung zu sperren: Ein kleines Erdbeben, dachten oder sagten die Menschen, ein unerwarteter Windzug, und Holz lebt, Holz arbeitet, Holz knarrt nun mal, dann wieder technische Störung, im Zweifel zuckten sie mit den Schultern und lebten einfach weiter so, wie sie es gewohnt waren. Aber ganz kurz hatte Simon ihr Leben erschüttert. Die Menschen hörten beinlose Schritte auf der Treppe hinter sich oder ein Klingeln, dem der Klingelfinger fehlte, Wasserhähne drehten sich von selber auf, Bücher polterten aus Regalen und blieben aufgeschlagen liegen, eine spiritistische Sitzung wurde ein Bombenerfolg.

Doch dann saß Simon im Park, war eingedöst, auf der Bank, im Schatten, und eine Frau setzte sich auf seinen Schoß. Sie war etwa Mitte vierzig und wollte kurz Luft schnappen von ihrem ermüdenden Einkauf, hatte schon mit der Linken ein Päckchen Zigaretten aus der Tasche gefischt und die schweren Einkaufstüten auf die Bank gestellt, wollte sich niederlassen, aber statt auf der leeren Bank landete sie auf Simons Knien, Simon schreckte auf und tat, was er nicht hätte tun sollen, packte die Frau an den Hüften, sie schrie, und dieser Schrei, der mit kurzer Verzögerung aus ihr brach – als hätte ihr Geist zwei Sekunden gebraucht, um nachzukommen mit dem, was ihrem Körper gerade geschah –, dieser Schrei war unaushaltbar. Simon legte der Frau die Hand auf den Mund, er hatte nicht aufgepasst, verdammt, wie hatte das passieren können, alles drohte zu eskalieren, er hielt die Frau umklammert, flüsterte ihr ins Ohr, sie solle aufhören zu schreien, er werde ihr nichts tun, und dann schob er sie neben sich auf die Bank, dabei kam er ihr verdammt nah, der Blick der Frau schwebte knapp vor seinen Augen, ins Blanke starrte sie, und die Frau hörte tatsächlich auf zu schreien, ihre Finger krallten sich ins Zigarettenpäckchen, ihre Augen kippten nach hinten, als suchten sie in ihrem Schädel irgendwas, was sie nicht finden konnten, und Simon floh. Ließ die Frau allein, drehte sich noch mal um, sah, wie sich jemand näherte, um der Frau beizustehen, aber die saß reglos dort, tonlos. Simon rannte, bis er nicht mehr konnte. Kauerte sich unter eine Tanne. Suchte wie ein Tier einen Unterschlupf. Mit jedem Atemzug kamen Gedanken. Bislang waren die Blicke der Menschen immer ins Leere gegangen. Doch diese Frau hatte ihm, ohne es zu wissen, direkt in die Augen geschaut. Und Simon hatte nackte Todesangst gesehen, nur Zentimeter entfernt. Die Frau hatte das Unfassbare berührt. Und ihre Angst schien ansteckend zu sein. Denn Simon merkte, wie er selber zitterte. Aber vor wem denn? Vor sich selbst? Vor seinem Körper, den er nicht sah? Oder vor alldem anderen Unsichtbaren in ihm: Alles, was er niemals gesehen hatte, all das Ungelebte, schmerzlich Verfehlte, all das, was er hätte tun können, die gesammelten Möglichkeiten, die nie Wirklichkeit geworden waren. Und alles, was er nie wieder würde sehen können, das, was er auf immer verloren hatte und wonach er sich hoffnungslos zurücksehnte. Und alles, was er nie hatte sehen wollen, all das in ihm Verborgene, Böse, Hässliche.

Simon hielt diese Gedanken nicht aus, eilte nach Hause und verbrachte den Rest des Tages ohne Kappe. Alle paar Minuten schaute er in den Spiegel. Er wollte das Gefühl für sich selbst wieder gewinnen. Und einen solchen Blick wie den der Frau wollte er nie wieder sehen. Kurz streifte ihn der Gedanke, die Kappe zu vernichten. Er lachte auf. Niemals, dachte er. Nein, ich muss nur vorsichtiger sein bei dem, was ich tue. Mich nicht nur unsichtbar, sondern unantastbar machen, unhörbar. Simon verzichtete fortan auf das Erschrecken und ging so behutsam wie möglich als Nichts durch die Welt, hin zu den Menschen. Denn dorthin zog es ihn nach wie vor. Simon wollte sie kennenlernen, die anderen, wollte an ihren Gesichtern sehen, wie es ihnen wirklich ging, die Augen der ablesbare Zähler für den Stand des Innenlebens, aber nur die unbeobachteten Augen. Er wollte bei den Menschen sein in den Augenblicken, in denen sie allein waren, unmaskiert, ohne Bollwerk des Selbstschutzes, das sie täglich mit sich schleppten, wollte ihnen auf den Zahn fühlen, sich unauffällig im Rückraum halten, nur zuschauen, nichts tun.

Es erregte ihn, ins Revier eines fremden Menschen zu dringen, ins Allerheiligste, ins Intimste. Bei Frau Hackethal, hatte er gedacht, handelte es sich um eine ganz gewöhnliche Frau. Jetzt schien sich das zu bestätigen. Sie tat das, was andere Frauen auch taten, wenn sie nach Hause kamen, zog sich aus, jedenfalls bis auf Unterhose und T-Shirt, lief eine Weile barfuß durch die Wohnung, das kannte Simon von Anna, die nach der Arbeit immer sagte, sie brauche Luft und Freiheit. Miriam Hackethal trat vor den Spiegel im Schlafzimmer, zog ihr T-Shirt hoch, sodass der Nabel frei lag, rollte mit Daumen und Zeigefinger die Speckschicht ihres Bauchs zusammen, das war wirklich nicht viel, Simon wäre es nie aufgefallen, von Speck konnte keine Rede sein, es war bloß Bindegewebe, Miriam war eigentlich eine schlanke Frau. Dann zupfte sie eine T-Shirt-Fluse aus dem Nabelloch, sagte Nabelflocke, pustete die Fluse weg und zog ein frisches T-Shirt über. Sie ging in die Küche, briet Spiegeleier, wärmte Kartoffeln in der Mikrowelle auf und erhitzte tiefgefrorenen Spinat im Topf auf dem Herd. Aß im Stehen, an die Küchenzeile gelehnt, kaute gründlich, schluckte zeitlupenhaft. Als sie fertig war, sah sie aus dem Wohnzimmerfenster. Eine halbe Stunde lang. Wenn nichts geschieht, kann es ganz schön langweilig werden, andere zu beobachten, dachte Simon. Leider stand Miriam so, dass Simon ihr nicht in die Augen sehen konnte. Plötzlich drehte sie sich um, zog sich hastig an, warf ihre Jacke über, nahm den Schlüssel, verließ die Wohnung, die Tür fiel ins Schloss. Simon trat ans Fenster und sah, wie Miriam in ihr Auto stieg und wegfuhr. Er hatte keine Lust, auf sie zu warten. Aber trotzdem, etwas war da, was ihn zu Miriam hinzog. Er durchsuchte ihre Wohnung. Fand aber keine Briefe, kein Tagebuch, nichts, was sie ihm hätte näher bringen können. In einer

Schublade stieß er immerhin auf einen Ersatzschlüsselbund: Haustür, Wohnungstür, Briefkasten und Auto. Simon sagte leise: »Ich komme wieder, Miriam, ich komme wieder!« Er steckte den Schlüsselbund ein und ging ins Krankenhaus.

13

Im Kreißsaal würde er vielleicht Glück finden. Geburt. Leben. Anna hatte keine Kinder bekommen können, folglich war er noch nie dabei gewesen, wenn ein Mensch das Licht der Welt erblickte. Er verbrachte eine Nacht dort. Vier Kreißsäle gab es, und Kreißsaal Nummer eins war so ganz anders, als Simon es sich vorgestellt hatte: ein Futon, gemütlich, dazu helle, warme Farben, nichts Aseptisches. Da ging es los, nebenan, ein Wimmern, noch wagte Simon nicht, nachzuschauen. Das Wimmern wurde zum Schreien, zum Brüllen und Bellen, und dieses Schreien, dachte Simon, unterscheidet sich in nichts vom Schreien in einem Diktatur-Gefängnis, wenn der Gefangene nicht gestehen will. Abgekoppelt von dem, was geschah, waren die Schreie einfach nur Schreie, und Simon hielt sich die Ohren zu. Erst bei der zweiten Entbindung fand er den Mut zuzuschauen. In Kreißsaal Nummer drei gab es eine Liege, die Frau wurde an Geräte gefesselt, während der künftige Vater nicht wusste, wohin mit sich. Es herrschte Eisigkeit im Raum. Worte fielen: PDA, Wehentropf. Der Wehenschreiber schnellte in die Höhe, die Frau aber schlummerte ruhig, und der Mann tupfte ihre Stirn. Es kam und ging die Hebamme. Nach einiger Zeit sagte sie, es fange an. Sie holte den Arzt. Jetzt wäre es gut zu pressen, hieß es. Die Frau sagte, sie spüre nichts. »Sie müssen pressen!« Sie presste. »Das könnte eine Wehe sein«, sagte sie. Im Geburtskanal erschien die Schädeldecke des fast Geborenen, es steckte fest. Eine Saugglocke, blass-oranges Gummimützchen. Das Erste, was das Kind auf der Welt spürt: eine Gummimütze. Der Arzt hantierte mit der Geburtszange herum. Wartete. »Jetzt!« Sie presste. Der Kopf schob sich ein paar Zentimeter vor. Der Arzt blickte auf den Wehenschreiber. »Jetzt!« Irgendwann war der Kopf draußen. Der Arzt wartete weiter, schaute beim Warten in die Luft. »Jetzt!« In einer einzigen, fließenden, schraubenförmigen Bewegung, als hätte das Kind jahrelang geübt für diesen unvergesslichen Auftritt, schob sich der gesamte Körper hinaus, wie ein Turmspringer ließ sich das Kind aus dem Bauch fallen, in die Hände der Hebamme, konturlos, blassblau wie eine Wasserleiche, und es schrie nicht, das Kind, der Arzt durchtrennte die Nabelschnur, holte ihm Fruchtwasser aus der Kehle, kurz lag Hektik im Raum, dann aber reichte er das Kind der Mutter, eine Kasperlefigur, die jetzt plötzlich schrie, vor Schmerzen, auf der Welt zu sein, aus Angst, die Geborgenheit für immer verlassen zu haben, nie wieder Rückkehr in den Pool der Sorglosigkeit, jetzt zu dem geworden, was in ihm steckte, zum Menschen, der seinen ersten Atemzug getan hatte. Doch dann beruhigte es sich und reckte sich neugierig, um zu durchschauen, was da vor sich ging, sah die Mutter an und den Vater und warf auch einen Blick auf Simon Bloch, der kurz das Gefühl hatte, das Kind könne ihn sehen, woraufhin er ganz leise den Kreißsaal verließ.

Da war das Mädchen, kaum vierzehn Jahre alt, das von der Schule nach Hause kam, den Rucksack in die Ecke pfefferte, in ihr Zimmer lief, dort bleiben wollte, aber von der Mutter runtergerufen wurde, zum Essen, Svenja, kein Gespräch kam in Gang. Simon schlich nach oben, ins Zimmer des Mädchens. Svenja kam bald, schloss die Tür hinter sich ab, machte Musik an, trat gegen das Sitzkissen, presste einen Namen aus giftig gespitzten Lippen, *Frau Schörlemann, Hexe*. Das Mädchen schmiss sich aufs Bett, lag dort, drehte sich auf den Rücken, sah zur Decke, da oben klebten Sterne, die jetzt, im Hellen, nicht leuchteten, Relikte einer Kindheit, die für immer vorbei war. Die rechte Hand ballte sich zur Faust. Das Mädchen schabte die Knöchel über die Rippen der Heizung und klemmte sie dann vor Schmerz zwischen die Zähne.

Da war der Mann, der alles fein säuberlich wegstellte, die reinste Manie, der Kerl war etwa vierzig, trug einen schicken Anzug, kam nach Hause, ein Penthouse, kein Krümel, alles wie geleckt, die Wohnung ein Hochreinlichkeitstrakt. An der Tür stand der Name Kronau. Er zog sein Jackett aus und eine Hausjacke an, setzte sich in den Sessel und nahm eine im rechten Winkel auf dem

Beistelltisch liegende Fernsehzeitung in die Hand, schlug sie auf und schaute sie durch, wobei er kerzengerade saß, und das sah aus, als hätte er den Abstand der Beine vorher berechnet. Mit beflissenem Gesichtsausdruck sah er fern, als müsse er etwas erfüllen, was jemand ihm aufgetragen hatte. Alles wirkte wie das Gegenteil von Entspannung. Er verzog keine Miene, ließ das Programm still an sich vorübergleiten, als stünde irgendwer mit geladener Pistole in seinem Rücken. Simon war froh, als Kronau mit geübter Geste die Fernbedienung griff und den Fernseher ausschaltete. Kronau blieb noch kurz im Sessel sitzen und legte Daumen und Zeigefinger an die Nasenwurzel.

Da war das Pärchen, Mitte zwanzig, im Café saßen die beiden, ihre Blicke hakten sich ineinander fest, ihre Hände suchten sich auf dem rauen Holztisch, die Finger glitten zwischen die Finger des anderen. Die Frau schien nicht so enthusiastisch zu sein wie der Mann. Simon mochte sie nicht, er hätte nicht sagen können, weshalb, aber irgendwas störte ihn, nicht ihr Aussehen, nicht ihre leicht zusammengekniffenen Augen, eher etwas Ungreifbares, wie die Aura, die ein Mensch verbreitet. Wie sehr man sich leiten lässt von Dingen, die nicht zu sehen sind, dachte Simon. Ins Haus zu gelangen, fiel ihm nicht schwer, die Haustür ruckelte behäbig zurück ins Schloss, es blieb genügend Zeit, sich reinzuschieben. An der Wohnungstür war zunächst Schluss. Doch Simon hatte den Kohle-Trick erfunden, wie er ihn nannte: Er legte einen Zwanzig-Euro-Schein in die Mitte des Treppenhauses, klingelte beim Pärchen, Lisa Faber, Torsten Schmidt, hörte, wie Lisa zweimal ein *Hallo?* in den Türsprecher rief und, als keiner antwortete, die Wohnungstür öffnete und hinauslugte. Das Licht brannte noch. Sie wollte schon abdrehen, als sie den Geldschein sah. Während sie ins Treppenhaus trat und ihn aufhob, schlüpfte Simon, der an der Wand neben der Tür gewartet hatte, in die Wohnung und tastete sich voran. Lisa kehrte ins Wohnzimmer zurück, Simon stand an der Bücherwand, und Torsten fläzte sich auf dem Sofa. Lisa erzählte die Sache mit dem Geldschein, und Torsten sagte nur, sie solle die Kohle rüberschieben, Lisa sagte, das sei doch *creepy*, die Klingel, das Geld, und Torsten sagte, das eine müsse mit dem anderen nichts zu tun haben. Dann entbrannte ein Streit, Lisa hatte Schulden bei ihm, Torsten sagte, er brauche das Geld zurück, er wolle endlich das Auto kaufen, und ihm fehlten noch genau die Dreitausend, die er ihr geborgt habe, Kohle, maulte Lisa, immer nur Kohle. Aber sie stritten nur kurz, Versöhnungsreflex, sie umarmten sich, Simon drehte den doppelten Ballhaus, nahm jeden Zentimeter dieser Umarmung wahr, Torsten hielt die Augen geschlossen bei der Umarmung, er sagte *Tut mir leid*, und Lisa sagte *Schon gut*, Torsten sagte *Ich liebe dich*, und Simon stand genau in der Mitte bei diesem Satz, auf den Lisa nicht antwortete, und er sah, wie Lisa die Augen verdrehte und lautlos stöhnte, Luft, die unhörbar entwich und Torstens Haare kurz blähte, ein leises Schimmern der Augen, und in Lisas Schimmern, in ihrem Schweigen und Augenverdrehen sah Simon die Zukunft der beiden vor sich, eine Zukunft, die Trennung bedeutete, Simon stellte sich noch mal auf Torstens Seite, dessen Inbrunst ihm echt schien, aber wer weiß schon, was hinter geschlossenen Lidern vor sich geht, dachte Simon, und dann verließ er die beiden, er wusste jetzt, dass eine Umarmung tödlich sein kann, dass man gerade in der Umarmung nie weiß, was der andere hinterm Rücken tut und wie er schaut und was er denkt: In der größten Nähe ist man sich manchmal am fernsten.

Simon sah in die Augen von Fabrikarbeitern, Postboten, Angestellten, und er sah länger in ihre Augen, als irgendein Mensch es sich je hätte erlauben können. Der Blick der anderen als reiner Blick; das Verlorene in der Konzentration; das Mechanische in der Routine; das Vergessene in der Versenkung. Wenn einem etwas gelang, quollen die Augen über vor Zufriedenheit; wenn jemand einen Fehler machte, kniffen sie sich zusammen; wenn jemand etwas verstand, wandelten sich die Augen in zwei winzige Köpfe, die behutsam nickten, zum trägen Applaus der Lider. Simon tauchte ein in die Welt der anderen, schippte das fremde Leben Schicht für Schicht beiseite, um zu erspüren, was darunter lag. Gern setzte er sich rücklings vor die Fernseher auf den Boden, und während die Menschen über ihn hinweg in die Monitore blickten, schaute er, Simon, zu ihnen hin, und manchmal wanderte der Blick der Menschen vom Fernseher zur Uhr. Sie müssen noch zwei Stunden umbringen, dachte er, ehe sie ins Bett können, sie trinken Ersatzleben. Immer mehr Mienen studierte Simon, und hinter allen Augen witterte er Traurigkeit. Egal, wie groß die Selbsttäuschung war, in wenigen stillen Augenblicken bröckelte der Blick und gab Sicht auf das, was dahinter, darunter lag: nichts. Lebensvollzugsanstalt. Simon liebte dieses Wort. Man ist in den Knast des Lebens geboren und tigert darin auf und ab, lebenslänglich, und wartet auf den Tag der Entlassung, den Tod, man wartet mit Schrecken darauf und mit Sehnsucht.

14

Simon wusste nicht genau, wie viel Zeit vergangen war seit seiner Kündigung und dem Beginn des Lebens unter der Kappe, ob drei Wochen oder vier Wochen, jedenfalls hatte er lange genug getrödelt. Schluss mit Zusehen, ihn packte der Wille zur Tat. Er bereitete alles sorgfältig vor, Computerraum, Bewegungsmelder, Kameras, Kombination, Hauptkassierer, Geschäftsführer, manchmal war ihm, als könne er sich selbst von außen beobachten bei dem, was er tat. Als er alles wusste, was er wissen musste, ging er in die Stadt, zur Sparkasse, begleitete den Hauptkassierer und den Geschäftsführer, die den Bewegungsmelder ausschalteten, mit zwei Schlüsseln gleichzeitig den Tresorraum öffneten und den gefüllten Geldwagen hineinschoben. Simon folgte ihnen. Sie verfrachteten das Geld in einen der Tresore, verließen den Raum, schalteten den Bewegungsmelder ein, Simon blieb drinnen. Sobald die Tür geschlossen war, trat er ein Luftloch, und der Bewegungsmelder schlug an, es kamen Männer, die alles kontrollierten, mit den Schultern zuckten, und dieses Spiel wiederholte Simon so oft, bis sich die herbeigerufenen Techniker ratlos über ihre Schädel fuhren, den Bewegungsmelder ausschalteten, Defekt, technische Störung, gründliche Durchsicht vonnöten, Reparatur morgen in aller Frühe.

Simon wartete ein paar Stunden, ehe er die Kameras ausknipste. Dazu gab es einen Schalter an ihrer Rückseite. Von jetzt an blieb ihm nur wenig Zeit. Er zückte seine kleine Taschenlampe, steckte sie in den Mund, tippte die Kombination ein, nahm fünf Packen Hundert-Euro-Scheine raus, nur fünf, das reicht, fünf ist gerade so viel, dass es nicht auffällt, verstaute die Beute unterm Hemd, fünfzigtausend Euro, schloss die Tresortür und zog sich in eine Ecke zurück. Schon kamen die Wachmänner. Sie inspizierten die Kameras. Betätigten die Schalter. Die Tresortür war verschlossen, man schöpfte keinen Verdacht. Technische Störung. Technische Störung, das ganze Leben ist eine technische Störung, und Simon verkniff sich das Lachen. Aber alles ging so schnell, dass sich ihm keine Gelegenheit bot, unbemerkt aus dem Raum zu schlüpfen, und so blieb ihm nichts übrig, als drinnen zu bleiben. Die ganze Nacht.

Er war noch nie unter der Kappe eingeschlafen und hatte keine Ahnung, was das für ihn bedeutete. Simon legte eine Hand an den Kopf. Er hatte sich längst an die Kappe gewöhnt. Mit ihr fühlte er sich immer sicherer. Aber unter ihr einschlafen? Vielleicht wäre es besser, wach zu bleiben. Er tigerte durch seine goldene Zelle, und um sich abzulenken, spielte er in seinem Kopf Filmthemen durch, immer wieder die Musik zu *Der*

Schatz der Sierra Madre von Max Steiner, der noch die Zeit erlebt hatte, in der es Musik im Film lediglich beim Vor- und Abspann gab und während des Films nur, wenn ein Barpianist oder ein Grammophon oder ein ganzes Orchester zu sehen war, damit der Zuschauer sich nicht permanent fragt, woher denn die Musik eigentlich stammt, die er die ganze Zeit hört, und Steiner war einer der ersten gewesen, die Musik auch ohne vorweisbare Quelle zur Szenenuntermalung einsetzte. Simon hockte sich auf den Boden, hatte Angst vorm Kappenschlaf, doch irgendwann wurde die Müdigkeit zu schwer, er glitt in die Nacht und schlief an der Wand sitzend ein. Stunden später wachte er wieder auf, blickte zur Uhr, kurz nach sieben, der nächste Morgen, er wusste: Bald würde es losgehen. Es war ein gespenstisch traumloser Schlaf gewesen, und Simon fühlte sich wacher, aufmerksamer, konzentrierter, in allem geschärft, er stand geduckt neben der Tür, ein Tier, bereit zum Sprung. Ein warmes, tiefes Gefühl des Angekommenseins: Jetzt, mit diesem Instrument auf dem Kopf, würde er die Welt erobern, das hier, dachte er, ist nur der lächerliche Anfang, mir kann nichts passieren, und als die Tür zum Vorraum aufging und das Licht ansprang und Männer hereintraten, pfiff Simon innerlich *Catch Me If You Can* von John Williams, verließ den Raum, blickte zurück und sah, wie die Männer Geld auf den Geldwagen stapelten, sie schlossen den Tresor, nichts war ihnen aufgefallen. Draußen hätte Simon am liebsten gebrüllt vor Freude. Er blieb stumm und schrie alles in sich hinein. Das war es, was er jetzt tat, seit er die Kappe trug: Alles in sich hineinschreien. Freude, Wut, Schmerz. Er tänzelte durch die Straßen, kam an einem Obdachlosen vorbei, der im Park pennte, neben ihm lagen Tüten mit Zeug. Im Überschwang zog Simon ein Bündel Hunderter aus dem Hemd, steckte es in eine der Tüten, ging weiter und fühlte sich wie Robin Hood, pfiff innerlich die Titelmusik aus dem Erol-Flynn-Film, und plötzlich blieb er stehen. Ihm fiel etwas auf: die Schatten der Menschen. Da treten sie ihre Schatten platt, dachte Simon. Wenn die Sonne in ihrem Rücken steht, stiefeln sie auf die schwarzen Umrisse ihrer selbst und holen sie doch nie ein. Er blickte auf den Boden: Sein eigener Schatten fehlte. Ich bin anders, dachte er und lachte und sah hoch. Ich bin anders als ihr alle. Selbst die Sonne kann mich nicht sehen.

Zu Hause angekommen, packte er das Geld auf den Tisch. Er merkte, wie er innerlich schrumpfte, er hatte das Gefühl zu erbleichen, ihm war, als krampfe sich sein Magen zusammen, und das alles nur, weil er wusste, was jetzt auf ihn zukam: das Abziehen der Kappe. Wusste, dass es diesen Schmerz geben würde, der Schmerz, der nicht nur von Mal zu Mal gewachsen war, sondern auch umso heftiger zuschlug, je länger er die Kappe aufbehielt. Kurz überlegte Simon, ja, zum ersten Mal hatte er jetzt diesen Gedanken, aber er radierte ihn sofort aus wie einen Bleistiftstrich, den Gedanken: Und wenn ich die Kappe gar nicht mehr abnehme? Und wenn ich sie für immer anbehalte? Nein. Das konnte er nicht. Simon hob die Hände, zog an der Kappe und merkte, wie schwer sie sich lösen ließ, nahm all seine Kraft zusammen, riss sie vom Kopf, schrie auf, der Schmerz wie ein Feuerstich in seinen Haaren, seiner Haut, durch den Panzer seines Schädels in die Tiefen des Nervensystems, und von dort aus sickerte der Schmerz durch den Körper nach unten, wurde schwächer, verlor sich, rieselte durch Beine und Füße in den Boden. Simon öffnete die Augen und ließ die Kappe aus den Händen gleiten, weil sie blutig war, und ein Büschel Haare klebte dort drinnen. Es roch ein wenig verbrannt. Und in diesem Augenblick gelang es ihm nicht mehr, das Bild von Gregor beiseitezuschieben, Gregor Strack mit Kopftuch und Strohhut, Gregor, der sich panisch kratzte, mit irrem Blick. Fragen standen plötzlich im Raum. Was die Kappe aus Gregor gemacht hatte und was sie aus ihm, Simon, machen würde. Wie sie überhaupt funktionierte. Woher sie kam. Wo Gregor sie gefunden und warum er sie bei Simon versteckt hatte. Ob der Schmerz weiter zunehmen und er seine Haare verlieren und eines Tages unter Kopftuch und Strohhut enden würde wie Gregor. Simon ließ die Kappe liegen, er hatte keine Wahl mehr, und griff endlich zum Koffer.

Er hatte Gregors Koffer achtlos unterm Tisch stehen lassen, jetzt holte er den Werkzeugkasten und stocherte so lange am Schloss herum, bis es aufsprang. Im Koffer befanden sich Zeitungen. Simon wühlte und blätterte, schlitzte auch das Futter des Koffers auf, den Boden, die Seiten, schließlich lag nur noch eine Kofferruine auf dem Wohnzimmertisch, doch der Inhalt war und blieb nichts weiter als alte Zeitungen. Simon sah sie durch. Wertloses Papier, meist vermischte Nachrichten, manchmal regionale, hin und wieder Sport, ein paar Blätter Politik oder Wirtschaft. Simon seufzte. Er hatte es insgeheim geahnt: der Koffer ein bloßes Manöver, mit dem Gregor von der Tüte im Schrank hatte ablenken wollen, nichts weiter als eine Tarnung für die Kappe. Simon dachte lange nach, griff schließlich zum Telefon, wählte die Nummer der Auskunft, nannte den Namen Strack, Angelika, sowie seinen Geburtsort, ließ sich verbinden, begrüßte Gregors Mutter, nannte seinen Namen, und Frau Strack wusste sofort, wer er war.

»Du?«, fragte sie.

»Ja, ich«, sagte Simon.

»Was willst du?«

Es wunderte Simon nicht, dass sie ihn duzte. Für sie war er immer noch der achtzehnjährige Junge.

»Ich will Ihren Sohn sprechen«, sagte Simon.

»Warum?«

»Ein Klassentreffen.«

»Ich soll niemandem sagen, wo er wohnt.«

»Aber *mir* können Sie es doch sagen, Frau Strack. Was macht er denn? Wie geht es ihm?«

»Gut. Gut. Er ist reich inzwischen.«

»Lebt er in Deutschland?«

»Ja.«

»Und wo genau?«

»Ich darf ...«

»Geben Sie mir doch einfach seine Nummer. Dann kann er selber entscheiden, ob er mir sagt, wo er wohnt oder nicht.«

»Woher weiß ich denn, dass du überhaupt Simon bist?«

»Erkennen Sie meine Stimme nicht?«

»Du warst ein Kind damals.«

»Ja, wollen Sie irgendwas wissen, das nur Simon Bloch wissen kann?«

»Wie hieß denn der Junge, der damals ...«

»Carsten. Carsten Guhl.«

»Und wo hat er gewohnt?«

»Lindenstraße 45.«

»Wie hieß deine Mutter mit Mädchennamen?«

»Agathe Strömer.«

»Mensch, die Agathe, die ist jetzt auch schon wie lange tot? Tut mir leid. So gut wie ich und Agathe, wie wir befreundet, das heißt, weißt du ... einen Augenblick.«

Der Hörer wurde hingelegt, Schritte, die sich entfernten, Schritte, die sich näherten, der Hörer wurde hochgehoben, die Stimme, die Nummer, Simon bedankte sich und legte auf, betrachtete den Zettel, auf den er die Nummer gekritzelt hatte, Gregors Nummer, er wollte sie schon ins Telefon tippen, zögerte, später, sagte er sich, nachher, jetzt nicht mehr, erst morgen rufe ich ihn an, doch schon während er dies dachte, wusste er, dass er auch morgen Gregor nicht würde anrufen können, denn wenn er ihn anriefe, müsste er ihm sagen, dass er, Simon, die Kappe gefunden hatte, und seine Angst, Gregor könnte die Kappe wieder zurückfordern, war größer als seine Neugier, herauszufinden, was es mit ihr auf sich hatte. Meine Kappe, dachte er, hob die Kappe auf, reinigte sie, meine Kappe, meine Kappe. Und hatte er nicht alles im Griff? Er konnte doch tun, was er wollte. Das Künftige lag vor ihm wie ein Meer, nach allen Seiten offen, und mitten im Meer Simon Bloch, auf seiner umgedrehten halben Nussschale, er konnte gondeln, wohin auch immer. Und dieser ätzende Schmerz beim Abnehmen der Kappe? Lächerlich! Der Schmerz ist das, was den Menschen zum Menschen macht. Durch den Schmerz wird man erst lebendig. Ein Mensch ohne Schmerz ist undenkbar. Und der Körper ist nichts als das Schlachtfeld des Schmerzes. Der Körper oder der Kopf. Nein, ich muss mich freuen auf das Absetzen der Kappe. Der Schmerz ist ein Zeichen dafür, dass ich lebe, intensiv lebe, so intensiv wie nie zuvor.

15

Nach dem Telefongespräch mit Gregors Mutter fühlte Simon sich aufgekratzt. Er hatte lange mit keinem Menschen mehr gesprochen. Spürte plötzlich ein immenses Bedürfnis, genau das jetzt zu tun, stopfte die Kappe unters Hemd, klingelte bei Frau Kubelik, begrüßte sie, fragte, ob alles in Ordnung sei, sagte, dass er nach ihr habe schauen wollen, und Frau Kubelik lächelte und bat ihn herein, sie setzte sich an den Küchentisch und schnitt Löcher in ein zusammengefaltetes, schwarzes Papier. Simon blieb eine gute Stunde und trank zwei Tassen Kaffee. Diesmal war er es, der sprach und Frau Kubelik keine Gelegenheit bot, ihn zu unterbrechen. Über den Schmerz redete er, davon, dass im Schmerz geboren wird und gelebt und gestorben, er ließ sich forttreiben und sprach vom Schmerz in der Musik. Er hatte keine Ahnung, ob Frau Kubelik seinen Ausführungen folgen konnte, sie klammerte sich an ihre Scherenschnitte, und das Ratschen der Schere war eine beruhigende Untermalung für Simons Worte. Er sprach über Claudio Monteverdi, dem zu seiner Zeit vorgeworfen wurde, er breche die Regeln des klassischen Kontrapunkts, man sagte, das tue in den Ohren weh. Dabei entsprangen, so Simon, die Regelverstöße nur dem Versuch, den Text zu vertonen. Wenn es im Madrigal hieß: »Diese Qualen, die du fühlst, sind meine, nicht deine Leiden«, zauberte Monteverdi den schmerzhaften Stich in die Ohren der an die Norm gewöhnten Hörer. Simon redete eine Zeitlang so weiter, ehe er plötzlich ausrief: »Was ist denn Konsonanz ohne Dissonanz? Dur ohne Moll? Diatonik ohne Chromatik? Die Musik lebt von nichts anderem als vom Schmerz, lebt davon, dass wir den unaufgelösten Akkord nicht aushalten können. Das Unaufgelöste ist Bedingung für Auflösung, der Schmerz die Bedingung fürs Glück.« Immer noch stierte Frau Kubelik still auf ihre Scherenschnitte, Simon redete weiter, so lange, bis er nichts mehr zu sagen hatte.

»Wissen Sie«, sagte Frau Kubelik, »was das ist?« Sie deutete auf den schwarzen Bogen in ihrer Hand.

»Ein Scherenschnitt?«, fragte Simon.

Frau Kubelik nickte.

Schweigen.

Die Uhr an der Wand tickte um ihr Leben.

»Sehen Sie das?«, fragte sie und faltete den Bogen auf. »Was ist das?«

»Ich weiß nicht.«

»Ein Drache. Und das?« Sie faltete einen zweiten Bogen auf. Er unterschied sich kaum vom ersten.

»Auch ein Drache?«, fragte Simon.

»Eine Distel.«

»Aha.«
»Und das Wetter?«, fragte Frau Kubelik.
»Jaja«, sagte Simon.
»Ich bin noch nicht draußen gewesen heute.«
»Nein?«
»Was soll ich auch da.«
»Verstehe.«
»Also? Wie ist es?«
»Was?«
»Das Wetter?«
»Gut.«
»Warm?«
»Ausreichend warm.«

Simon verabschiedete sich plötzlich, sagte, er finde allein hinaus, ließ Frau Kubelik in der Küche sitzen, und während er den Flur entlangging, nahm er die Kappe oder die Kappe nahm ihn, er wusste das mittlerweile nicht mehr zu trennen, öffnete zwar die Wohnungstür, schloss sie aber wieder von innen, wollte noch einmal nach Frau Kubelik sehen, diesmal unsichtbar, ging zurück in die Küche und wurde stiller Zeuge des ewigen Schnippelns, sah zu, wie ein Scherenschnitt nach dem nächsten entstand und weggelegt wurde, und mit jedem Scherenschnitt verdüsterte sich Frau Kubeliks Miene, als schnitte sie ein Stück ihrer Lebenskraft aus dem eigenen Körper, und am Schluss holte sie einen Papierkorb und fegte alles hinein, sowohl die Schnipsel als auch die fertigen Schnitte. Frau Kubelik ging ins Wohnzimmer, legte sich aufs Sofa und starrte nach oben, zur Decke, einige Minuten lang, ehe sie in einer unvorhersehbaren ruckartigen Bewegung ein Bein hochriss, mit einer solchen Schnellkraft, dass ihr der Schluffen vom Fuß flog, über ihren Kopf hinweg, und hinter ihr zu Boden fiel, obwohl sie sich bemühte, ihn aufzufangen, schon flog der zweite Schluffen, auch diesen konnte sie nicht fangen, Frau Kubelik schlug sich heftig vor die Stirn und sagte: »Wär ich mal tot und begraben!«, wiederholte den Satz, nicht weinerlich, sondern fast würdevoll wütend, und dann griff sie zum Altfrauenrock, der sich über die Knie bis zu den Schenkeln hochgeschoben hatte, und versuchte mit aller Kraft, den Stoff zu zerfetzen, aber es gelang ihr nicht, sie legte ihre Hände an den Kopf, und Simon sah ein paar trockene Tränen, die sich ihren Weg bahnten, als würden sie erst mal erkunden wollen, wohin sie zu kullern hatten.

Simon verließ Frau Kubelik, und was er nun tat, geschah wie von selbst. Er eilte die Treppe hinab, betrat hinter einem Kunden die Apotheke, schlich in die Räume mit den Mitteln, die keinen was angehen, und nachdem er die Lage des Schlüssels fürs Giftschränkchen ausspioniert hatte, nahm er heimlich ein Fläschchen raus und steckte es ein. Zu Hause schaute er nach, was genau er da gestohlen und wie viel von dem Zeug man zu verwenden hatte, wurde mitgerissen, eine Welle, die ihn zurück zu Frau Kubelik spülte, Geräusche des Fernsehers, Waltraud Kubelik saß im Wohnzimmer.

Wär ich mal tot und begraben. Simon folgte einem seltsamen Erlösungsdrang und ging in die Küche. Eine Flasche Wasser stand auf dem Tisch, ohne Deckel, und daneben, halb gefüllt, ein Blümchenglas auf gehäkeltem Bierdeckel. Simon öffnete mit eiskalter Hand das Pipettenfläschchen, tröpfelte Gift hinein, schraubte das Fläschchen zu, kehrte der Wohnung den Rücken und ließ sie allein, Wohnung, Flasche, Glas, Wasser, Gift, und nur noch ein Schlückchen entfernt Frau Kubelik, die vielleicht noch am Abend die Erfüllung ihrer Wünsche trinken würde, ohne es zu wissen. Simon war froh über das, was er getan hatte, er nahm die Kappe nicht mehr ab in dieser Nacht, fühlte Müdigkeit, legte sich schon um neun hin und schlief ein, das zweite Mal unter der Kappe, und als er wieder zu sich kam, war ihm, als sei nur ein Lidschlag vergangen, und die Nacht war traumlos gewesen und zeitlos, als hätte die Kappe sie ihm gestohlen. Simon fühlte sich doppelt gestärkt, ging ins Bad, warf Wasser ins stumme Gesicht und zerrte die Kappe vom Kopf.

Da schrie er.

Laut.

Lauter, als er je zuvor geschrien hatte.

Er warf die Kappe von sich, zitterte. Sofort war alles wieder da. Frau Kubelik. Das Gift. Das Wasser. Die Flasche. Das Glas. Nicht ich hab's getan, die Kappe war's, sagte er, und er kickte die Kappe weit von sich, fiel sofort danach auf die Knie, rutschte hin, hob die

Kappe auf und legte sie behutsam auf den Tisch, nur, um plötzlich angewidert in ihre Richtung zu spucken, ehe er wieder Sanftheit spürte, restlose Verfallenheit, und Simon streichelte die Kappe, aber nur so lange, bis er sich vor ihr schüttelte wie vor einer eklen Spinne und seine Wohnung verließ. Es war erst sechs am Morgen, Frau Kubelik würde noch schlafen, wenn sie noch schlafen *konnte*, dachte Simon, wenn sie nicht gestern das Wasser getrunken hat. Er betrat ohne Kappe die Nachbarwohnung, lauschte, schlich zum Schlafzimmer, legte sein Ohr an die Tür. Hörte Schnarcher. Räuspern. Schmatzen. Er atmete auf. In der Küche sah alles aus wie am Abend zuvor. Simon nahm die Flasche und kippte das Gebräu in den Ausguss, ließ klares Wasser hineinlaufen, schüttelte die Flasche, kippte sie wieder aus und wiederholte den Vorgang mehrmals, ehe er die Flasche wieder halb mit Leitungswasser füllte und zusah, wie das frische Wasser an den Innenseiten hinabfranste. Er hatte Glück gehabt, Frau Kubelik lebte, sie war davongekommen, ein Zufall, sie hatte einfach am Abend zuvor keinen Durst mehr gehabt, verdammt, dachte Simon, das hätte ins Auge gehen können, und wütend war er, wütend auf sich selbst und wütend auf die Kappe.

Er kehrte in seine Wohnung zurück, und ohne die Kappe eines Blickes zu würdigen, griff er zum Telefonhörer, wählte die Nummer, die immer noch auf dem Zettel neben dem Telefon lag: Gregor Strack. Ich muss dich sprechen. Jetzt. Sofort. Eine Frauenstimme meldete sich.

»Wer sind Sie?«, rief Simon.

»Wer sind *Sie*?«, wurde er zurückgefragt.

»Ich will Gregor sprechen«, sagte Simon. »Ist das nicht seine Nummer?«

»Wissen Sie, wie spät es ist?«

»Das ist mir egal.«

»Woher haben Sie die Nummer?«

»Seine Mutter hat sie mir gegeben.«

»Was wollen Sie?«

»Mein Name ist Simon Bloch.«

Schweigen am anderen Ende.

»Kennen Sie meinen Namen?«, fragte Simon.

»Gregor hat von Ihnen erzählt.«

»Und? Ist er da?«

»Wann haben Sie ihn das letzte Mal gesehen?«, fragte die Frau.

»Vor, ich weiß nicht, vier Wochen?«

»Was wollen Sie von ihm?«

»Ich muss ihn sprechen. Er hat mir einen Koffer gegeben, einen schwarzen Koffer.«

»Und?«

»Ich sollte ihn aufbewahren. Er wollte ihn wieder abholen. Er ist nicht mehr aufgetaucht.«

»Haben Sie den Koffer geöffnet?«

»Er hat es mir verboten. Was ist jetzt mit Gregor? Wo ist er? Kann ich ihn sprechen? Wer sind Sie?«

»Sandra Strack. Ich bin seine Frau.«

»Und Gregor?«

»Ist verschwunden. Seit zwei Monaten.«

»Seit zwei Monaten? Das heißt …«

»Genau. Sie sind der Letzte, der ihn gesehen hat.«

»Und er hat sich nicht gemeldet?«

»Nein.«

»Zu mir hat er gesagt, er wird verfolgt. Vielleicht ist er entführt worden.«

»Es hat niemand Lösegeld gefordert. Sagen Sie, Herr Bloch, ich weiß nicht, ob Ihre Zeit – aber könnten Sie kommen?«, fragte Sandra nach einigen Sekunden, in denen Simon auf die Noppen der Raufasertapete gestarrt hatte. »Das wäre wichtig. Wenn Sie mir den Koffer bringen könnten, ich übernehme alle Unkosten. Oder wenn es Ihnen zu viel Umstände macht, ich kann den Koffer auch abholen lassen, von einem Kurier.«

»Wohin soll ich denn kommen?«

Als Simon die Adresse hörte, wurde ihm kurz schwarz vor Augen.

»Die Ludwigsvilla? Bei Geschbach? In dem Dorf bin ich groß geworden.«

»Ja. Gregor wohl auch, oder?«

Simon hätte es niemals für möglich gehalten, dass Gregor, ausgerechnet Gregor, ins Kindheitsdorf zurückkehren würde, aus dem er hatte fliehen wollen, seit er denken konnte, nur raus aus diesem Kaff, hatte er immer gesagt, und jetzt gehörte ihm die Ludwigsvilla, das war nicht möglich, die Villa musste ein Vermögen gekostet haben, und woher hatte Gregor ... »Ich komme«, rief Simon.

»Das ist gut. Wann?«

»Gegen sechs kann ich da sein.«

»Ich danke Ihnen.«

»Keine Ursache.«

Es piepste aus dem Hörer. Simon drückte den Knopf. Er legte das Telefon weg. Er rieb sich durch die Haare. Er rieb sich weiter durch die Haare. Er hörte nicht auf, sich durch die Haare zu reiben. Nein, er rieb nicht, er kratzte sich. Das juckt, dachte Simon. Das juckt. Und dann blickte er noch einmal zur weißen Wand, keinen halben Meter von seinen Augen entfernt. Er sah nicht die Wand. Er sah nichts. Nur Weiße. Als blicke er in einen Spiegel. Hallo, sagte er. Und dann: Hehe.

16

Die *Société de Mythologie* erweckte den Anschein einer seriösen Gesellschaft. Dreisprachige Website. Französisch, Englisch, Deutsch. Links, Hinweise. Vom Direktor der *Société*, Jacques de Lamaire, gab es ein Foto auf der ersten Seite, ein Mann mit Brille, im Anzug, glatt rasiert, Denkerfurchen, Simon konnte ihn auf Anhieb nicht ausstehen. Er erinnerte ihn an den Typus Mensch, der äußerlich den Überlegenen, Wissenden mimt, innerlich aber nichts weiter ist als ein krampfhafter Fanatiker, der nicht etwa der Welt etwas abringen, sondern der Welt etwas aufdrücken will, und zwar einen Stempel seiner selbst. Auf der Homepage der *Société* fanden sich Aufsätze, Abhandlungen, Schriften. Themen: Mythologie, Sagen, Legenden und ihr Wahrheitsgehalt. Simon stöberte ein wenig herum, ehe er den Text über die Tarnkappe aufrief, der ihm von der Suchmaschine angezeigt worden war, auf Französisch, Englisch, Deutsch. Der Autor, ein gewisser Josef Kuhn, Mitglied dieser obskuren *Société*, führte aus, dass man unterscheiden müsse zwischen der Tarnkappe als Symbol und der Tarnkappe als Gegenstand. »Wenn wir über die Tarnkappe lesen oder schreiben, glauben die meisten an den Symbolcharakter des Geschriebenen. Wir kommen nicht auf die Idee, es könnte die Kappe wirklich geben. Dabei steht die Tatsache ihrer Existenz außer Zweifel.« Seit dem Jahr 1963 gebe es allerdings keine Spuren mehr von der Kappe. Über einen so langen Zeitraum sei sie noch nie abhanden gekommen, obwohl es immer wieder Jahre gegeben habe, in denen sie als verschollen galt. Die Suche nach der Tarnkappe, so das Credo des Verfassers und die feste Überzeugung der *Société*, bringe gar nichts. Wer nach ihr suche, werde sie niemals finden. Im Gegenteil: Die Kappe werde einem gebracht, gereicht, man könne nichts dafür, wenn man in ihren Besitz gelange, man denke, es sei ein Zufall, aber sobald die Kappe ihr Versteck verlasse, suche sie sich ihr Ziel von ganz allein, und wehe dem, der die Kappe aufsetze, ohne sich im Klaren zu sein über die Folgen, die das Aufsetzen der Kappe mit sich bringe. Simon wischte sich über die Augen, er klickte weiter und gelangte in ein Tarnkappen-Forum, in dem verschiedene Einträge zu lesen waren, unter anderem von einer Gruppe, die sich *Die Suchenden* nannte: erbitterte Gegner der *Société de Mythologie*. Sie behaupteten, die Mitglieder der *Société* seien selber hinter der Kappe her und würden fälschlicherweise verbreiten, dass man die Kappe nicht suchen dürfe. Die Kappe der Macht: Wer die Kappe trage, werde sich verändern, und niemand könne der Kappe widerstehen, der Macht der Unsichtbarkeit, niemand sei davor gefeit, von der Kappe geschluckt zu werden, »die Kappe frisst dich mit Haut und Haaren, du denkst, du setzt die Kappe auf, aber sie greift nach dir, du hast längst die Macht verloren, über dich, dein Handeln, dein Wollen. Die Kappe schluckt deine Gedanken, die Kappe tötet die Zellen in deinem Kopf, und ehe du dich umschauen kannst, bist nicht mehr du selbst unter der Kappe, sondern nur noch die Kappe, die sich deinen Körper einverleibt und nicht mehr von dir lässt.« Simon las noch eine Reihe weiterer Einträge und stieß plötzlich auf den Fall eines gewissen GS. Obwohl man auch vom *Great Searcher* sprach, wandelten sich die Initialen GS in Simons Geist sofort zu Gregor Strack. Dieser GS war vor Monaten aufgetaucht bei den *Suchenden*, hatte die Suche mit neuem Schwung befeuert, nicht nur finanzieller Art. Die Fakten: Gemeinsam mit einem Liliputaner namens Sebastian war GS nach Mexiko aufgebrochen, Yucatán, Ruta Rio Bec, zu den Maya-Ausgrabungsstätten. Der Zwerg war tot aufgefunden worden, in der Nähe einer noch nicht freigelegten Pyramide bei Calakmul, von GS fehlte jede Spur, und in der Pyramide selbst hatte man einen geheimen Gang gefunden und Anzeichen eines Kampfs. Es gab jede Menge Spekulationen darüber, was genau geschehen sein könnte, das Ringen um die Kappe, Mord, Unfall, aber Simon schloss die Seite, schüttelte den Kopf, warf sich Wasser ins Gesicht und ging noch ein wenig auf und ab. Dann legte er sich hin. Es war zehn Uhr am Morgen. Er stellte den Tennisballwecker auf zwölf, schlief unruhig und träumte von Pyramiden, einem Zwerg und gellendem Gelächter. Als der Wecker klingelte, nahm er ihn vom Nachttisch und presste ihn so hart an die Lippen, dass er verstummte.

Gegen eins stand er am Bahnhof. In der rechten Hand einen nagelneuen schwarzen Zahlenschloss-Aktenkoffer, gefüllt mit Gregors Zeitungsschnipseln, sowie einen Rucksack auf dem Rücken. Und Simon musste sich etwas beweisen. Musste sich beweisen, dass er unabhängig war. Dass er die Kappe loslassen konnte. Dass er immer noch ein Mensch war ohne Kappe. Ein denkender, mündiger, eigenständiger Mensch aus Fleisch und Blut. Dass er diesem esoterischen Firlefanz keinen Glauben schenkte: »... und ehe du dich umschauen kannst, bist nicht mehr du selbst unter der Kappe, sondern nur noch die Kappe, die sich deinen Körper einverleibt und nicht mehr von dir lässt.« Das war lächerlich. Simon legte die Tüte, in die er die Kappe gestopft hatte, ins Schließfach und schloss ab. Wirre Gedanken stiegen plötzlich in ihm auf: Was, wenn Gregor tatsächlich entführt worden war? Und die Entführer, verblendete Mitglieder der *Société*, nichts aus ihm herausbrachten? Oder es hatte einen Kampf gegeben, und die Entführer hatten ihn getötet? Und jetzt haben sie die Villa durchsucht und keine Kappe gefunden. Sie ahnen, Gregor wird jemand anderem die Kappe gebracht haben. Es bleibt den Entführern nichts übrig, als zu warten, bis dieser andere käme, in die Villa, auf der Suche nach Gregor, mit tausend Fragen im Kopf. Nein, der Schlüssel zum Schließfach musste weg. Simon ging ins Papiergeschäft, kaufte einen Luftpolsterumschlag, schob den Schließfachschlüssel hinein, wollte ihn schon an sich selbst adressieren, aber auch das schien ihm zu unsicher, deshalb schrieb er den Namen Miriam Hackethal auf den Umschlag, ihre Adresse, und als Absender seinen eigenen Namen. Er warf den Brief in den Briefkasten, der vorm Bahnhof stand, das heißt, er wollte ihn einwerfen, konnte aber den Brief nicht loslassen, stand da, am Schlitz, zitterte leicht, überlegte hin und her, ich muss es schaffen, ich will es, ich kann auf sie verzichten, und schon lockerte sich der Griff, dann wieder dachte er, nein, das muss nicht sein, nimm die Kappe lieber mit, wer weiß, wozu du sie brauchst, doch da schlug ihm jemand von hinten auf die Schulter und sagte: »Wird das noch mal was?« Vor Schreck ließ Simon den Brief los. Er fiel in den Kasten. Simon trat zur Seite, um dem anderen Platz zu machen. Ein rundlicher Mann, der den Kopf schüttelte. »Man muss sich entscheiden können!«, sagte er und ließ Simon stehen, nachdem er selber einen Umschlag eingeworfen hatte. Simon überlegte, ob er bis zur Leerung warten und den Postmenschen bitten sollte, ihm den Brief auszuhändigen, unter Vorzeigen des Ausweises, aber dann sah er, der Kasten würde erst um sechs Uhr geleert werden, und zu diesem Zeitpunkt war er mit Sandra Strack verabredet. Etwa vier Stunden würde die Fahrt dauern ins mit Erinnerungsdreck verschüttete Kindheitskaff. Simon zog den Gurt seines Rucksacks straffer, wurde von seltsamer Unruhe erfasst, tat etwas, was er lange nicht mehr getan hatte, kaufte sich ein Päckchen Zigaretten und rauchte. Die erste Zigarette schmeckte scheußlich, er machte sie nach zwei Zügen wieder aus. Trotzdem steckte er das Päckchen in seine Jackentasche.

Nur wenige Leute saßen im Erste-Klasse-Großraumwaggon. Es lagen Zeitungen aus. Simon nahm sich eine, faltete sie, wollte sich beweisen, dass er noch der Alte war, schob die Bögen in seine Jacketttasche, machte es sich bequem, kreuzte die Beine und merkte, wie schwer es ihm fiel, sich zu konzentrieren. Da las er im Regionalteil, dass ein Obdachloser tot aufgefunden worden war. Mord: eine Flasche, die man ihm übergezogen hatte. Aus keinem erkennbaren Motiv. Simon verlangte nach Wasser. Er trank. Er sah die Szene gestochen scharf vor sich: Der Obdachlose zieht ein Bündel Hunderter aus seiner Tüte, zeigt es einem Kumpanen, dann der Streit um das Geld, zehntausend Euro bedeuten die Welt für einen Obdachlosen, Mensch, dafür könnte man töten. Schräg gegenüber saß jetzt eine junge Frau, Gesicht ihm zugewandt. Simon war froh über die Ablenkung. Er beobachtete sie, ihre Haare, ihre Hände, was hatten diese Hände getan in letzter Zeit, wen hatten sie gehalten, umarmt, gestreichelt, und dieser Mund, was hatte er gesagt, ein schmallippiger Mund, in dem ein Splitter Unterkühltheit steckte, die Schuhe zog sie aus und legte die Füße hoch, Simon musterte jetzt ihr Kinn, ihre Arme, die Fingernägel rot lackiert, blaue Adern auf den Handrücken, wie bei jedem Menschen, und plötzlich schien Simon eine Hand als Hand völlig grotesk, fünf Finger, was ist das, was soll das, wer hat das erfunden? Dann blickte er in die Augen der Frau, und die sah ihn genervt an und sagte laut: »Wollen Sie ein Bild von mir?!« Simon stammelte eine Entschuldigung, wechselte den Platz, setzte sich ans andere Ende des Waggons und sah aus dem Fenster. Er hatte die Frau angestarrt. Hemmungslos. Ohne zu zucken. Weil er zum ersten Mal vergessen hatte, dass er die Kappe nicht trug.

17

Der Gedanke an die im Schließfach liegende Kappe schmerzte ihn jetzt ungeheuer, als wäre sie ein Baby, das dort lag und weinte und nicht herauskonnte. Er hätte nicht mehr sagen können, aus welch krankhafter Logik heraus er sie dort eingesperrt hatte. Er dachte mit Erregung an das Gefühl, kurz bevor er sie aufsetzte. Die Hände, die sich selbständig machten und den Weg zu seinem Kopf suchten. Der Duft, der nussige Geschmack nach brauner Butter, die weich-borstige Oberfläche. Dass er die Kappe nicht mitgenommen hatte! Dass er den Schließfachschlüssel nicht an sich selbst, sondern an die Hackethal adressiert hatte! Er musste schnell wieder zurück, schon morgen früh. Um zu verhindern, dass die Kappe Miriam in die Hände fiel. Simon klinkte Hackethals Schlüsselbund an seinen eigenen und atmete durch.

Der Bummelzug fuhr in Geschbach ein, und Simon musste zehn Minuten auf ein Taxi warten. Bei der Villa gab es tatsächlich ein Namensschild: Sandra und Gregor Strack. Nachdem Simon geklingelt hatte, summte das Gittertor auf. Ein schmaler Weg führte zum Haus. Sandra stand an der Tür und begrüßte ihn. Sie trug ihre schwarzen Haare offen, mochte Ende dreißig sein, schlank, ein Rock, der nicht über die Knie reichte, dazu Schmuck und viel Schminke.

»Wann, sagten Sie, haben Sie Gregor das letzte Mal gesehen?«, fragte sie, als sie sich gegenübersaßen.

»Er hat mich besucht«, sagte Simon, »vor etwa vier Wochen, schätze ich. Er hat mir das hier gegeben.« Sandra nahm den Koffer entgegen und drehte am Schloss herum. »Gregor ist nicht mehr aufgetaucht. Er hat gesagt, er ist nur mal kurz weg. Er ist in die Limousine gesprungen …«

»Was für eine Limousine?«

»Eine schwarze.«

»Haben Sie das Nummernschild gesehen?«

»Nein.«

»Ist er da freiwillig eingestiegen?«

»Ja.«

»Haben Sie gesehen, wer am Steuer saß?«

»Nein.«

Sandra ließ Simon kurz allein und kam mit Werkzeug zurück. »Machen *Sie* das?«

Er nickte und stocherte am Koffer herum. Währenddessen bemerkte er Sandras Blick auf seine Haare. Ja, dachte Simon, er würde sich eine Mütze kaufen müssen. Einen Hut. Ein Kopftuch. Irgendwas. Um den Haarausfall zu kaschieren. Und die Wunden. Als der Koffer aufsprang, heuchelte er Interesse, Sandra wühlte durch die Zeitungsseiten. »Geheimfach?«, fragte sie, Simon zerschlitzte auch das Futter des Koffers. »Wir müssen das lesen«, sagte Sandra und deutete auf die Zeitungen. »Vielleicht finden wir einen Hinweis.« Das Ergebnis war enttäuschend. »Außer dem Koffer hat Gregor Ihnen nichts gegeben?«, fragte Sandra.

»Nein«, log Simon, denn er wusste nicht, ob es gut war, Sandra in alles einzuweihen. Er war hergekommen, um rauszufinden, was es mit der Kappe auf sich hatte, aus einer Angst, die Kappe könnte ihn zu einem anderen Menschen machen, ihm Schaden zufügen. Aber war es dazu nicht schon zu spät? Und war es nicht völlig egal, was die Kappe durch ihn und mit ihm und in ihm machte? Nein, seine Angst *vor der Kappe* wich allmählich einer Angst *um die Kappe*. Er wollte sie nicht verlieren. Und so sagte er nichts von der Kappe, sondern erzählte nur ausführlich von der Begegnung mit Gregor. Sandra hörte zu, schwieg und goss Simon ein Glas Wasser ein.

»Haben Sie die Polizei eingeschaltet?«, fragte Simon.

»Nein. Es gibt einen Brief. Von Gregor. Vor zwei Monaten lag der auf dem Tisch. Gregor schreibt, er will verschwinden. Für ein paar Monate. Ich solle mir keine Sorgen machen. Keine Polizei. Es sei alles in Ordnung. Er sei bald wieder da. Aber trotzdem: Ich *mache* mir Sorgen. Ich will wissen, was los ist. Und jetzt noch mehr. Nach dem, was Sie mir erzählen. Das passt nicht zu Gregor. Es muss was passiert sein. Ich habe gehofft, vielleicht im Koffer einen Hinweis zu finden. Er fliegt nach Mexiko, kommt zurück, ganz aufgekratzt, einen Tag später liegt dieser Brief auf dem Tisch, und Gregor ist verschwunden.« Sandra trank einen Schluck und fragte: »Kennen Sie sich mit Computern aus?«

»Ein bisschen«, sagte Simon.

»Kommen Sie mit.«

»Wohin?«

»In sein Labor.«

Sandra ging voraus, öffnete eine Seitentür und stöckelte die Treppe hinab, ins Souterrain. Simon folgte ihr und dachte an Mexiko. An Sebastian, den toten Zwerg. GS. Sie gelangten in einen geräumigen Flur, grün-blaue Leuchten waren in die Decke eingelassen, alles warm, freundlich. Es gab mehrere Türen, die vom Flur abzweigten, Sandra ließ alle links und rechts liegen, ging auf die letzte Tür zu, öffnete sie, von allein sprangen Lichter an. Der Raum war vollkommen leer bis auf einen einzigen Tisch, der kaum einen Meter mal einen Meter maß, und auf dem Tisch stand nichts als ein Laptop, kabellos. Der Raum war etwa zwanzig Quadratmeter groß, es gab keine Fenster, das künstliche Licht verbreitete trotzdem eine angenehme Wärme.

»Das ist sein Labor?«, fragte Simon.

»Ja.«

»Warum hat er sich hier verkrochen?«

»Fragen Sie nicht. Oben gibt es riesige helle Räume mit Blick in den Garten, Sonne, Ruhe, alles.«

»Und er hat hier gearbeitet?«

»Tage und Nächte. Er wollte keine Ablenkung. Er wollte volle Konzentration. Kein Licht und keinen Vogel und keinen Schatten an der Wand.«

»Und warum hat er das Labor leergeräumt?«

»Hat er nicht. Das sieht immer so aus. Er hat nicht mal Notizzettel. Er sagt, alles, was er braucht, steckt im Laptop. Er kann programmieren, Daten erfassen, Berechnungen anstellen, er hat die gesamte Welt dort.«

»Aber er muss doch Pausen gemacht haben. Wenn er müde war. Dann ist er nach oben gekommen?«

»Nein. Er hat sich hier auf den Boden gelegt.«

»Ohne Matratze? Ohne Kissen?«

»Je härter umso besser, hat er gesagt. Dann steht er umso schneller wieder auf und arbeitet weiter. Das war ein Zwang, er musste einfach arbeiten. Ständig.«

»Und was genau hat er gearbeitet?«

»Ganz am Anfang war er bei einer Firma angestellt, die Suchmaschinen entwickelt hat. Er hat einen Algorithmus gefunden, der ihm heute noch Geld einbringt.«

»Und weshalb ist er nach Mexiko gereist?«

»Bilderschrift der Maya. Piktogramme. Auch die Maya-Forscher brauchen Suchfunktionen. Gregor hilft ihnen dabei.«

Sandra schaltete den Laptop ein, das Ding fuhr hoch, viel schneller als die Computer bei Brönner & Co., im Grunde genommen war der Laptop schon in derselben Sekunde bedienbereit, in der Sandra den Knopf gedrückt hatte, schon da sah Simon ein freies, schwarz umrahmtes Feld mit der Aufforderung, das Passwort einzugeben.

»Wollen Sie es mal versuchen?«, fragte Sandra. »Ich hab Stunden hier verbracht.«

»Dazu brauch ich Zeit«, sagte Simon.

»Die bekommen Sie. Ich habe ein Gästezimmer vorbereitet. Wir essen jetzt was, dann lasse ich Sie in Ruhe, und Sie versuchen, das Passwort zu knacken.«

Das Essen verlief angenehm. Sandra wollte viel wissen. Simon gab Antwort. Es tat ihm gut zu sprechen. Wenn aber *er* eine Frage stellte, wich Sandra aus, Simon wusste nach dem Essen nur, dass Gregor und Sandra erst seit zwei Jahren verheiratet waren, die Hochzeit gleich im selben Jahr, in dem sie sich kennengelernt hatten. Sandra legte die Serviette fort, griff nach Zigaretten und bot Simon eine an, beide gingen rauchend zum Sofa, und plötzlich fragte Sandra ihn nach Carsten. Wollte, dass Simon erzählte. Kannte, wie sie sagte, die Geschichte in allen Einzelheiten, wollte aber Simons Version hören. Simon zögerte, aber Sandra ließ nicht locker, und schließlich gab er nach, und während des Erzählens merkte er, dass die Worte wie nasse Tücher das Erlebte kühlten. Als Simon geendet hatte, fragte Sandra: »Bedrückt Sie das noch, nach so langer Zeit?«

»Nein«, sagte Simon und schluckte. »Ich hab versucht, das alles zu vergessen.«

»Wenn Sie Carsten wiedersehen könnten, würden Sie …«

»Nein, nein, ich würde es nicht wollen. Nein. Auf keinen Fall.«

Sandra nickte nachdenklich. »Sie haben die ganze Nacht Zeit für das Passwort«, sagte sie und stand auf.

Simon trank sein Weinglas aus. Sandra zeigte ihm das Gästezimmer im ersten Stock und brachte ihn zurück ins Labor.

»Wir sehen uns morgen beim Frühstück.«

Simon nickte.

Dann war er allein.

Er sah auf das Flimmern der Oberfläche, auf den Monitor, es war kalt hier drinnen, ihn fröstelte. Geben Sie das Passwort ein. Simon tippte das Wort Tarnkappe. Falsches Passwort. Simon probierte es weiter, Kappe, Tarnung, unsichtbar, Nichtsehen. Ohne Erfolg. Er musste nachdenken. Sich erinnern an den Menschen Gregor, an seine Zeit mit ihm, er rief sich alles ins Gedächtnis, was er über ihn wusste und tippte nach und nach die verschiedenen Begriffe ein. Die Geburt im Bauernhof Strack, aufgewachsen als Sohn der wohlhabenden Bauern Mathilde und Franz Strack, Gregors Pony Ajax, ihr Kindergarten Villa Kunterbunt, das Versteckspiel, Gregors Fähigkeit, sich so zu verstecken, dass niemand ihn fand, seine Beharrlichkeit, das Versteck nicht zu verlassen, so sehr man ihn auch rief, er kam nie von allein hervor, und einmal hatte die Suche nach Gregor zwei Stunden gedauert, die Kindergärtnerin Klara war in heller Sorge, man fand ihn schließlich im großen Trockner im Keller, Gregor war dort reingekrochen, und er verstand nicht, weshalb man ihn ausschimpfte. Verschwinden, tippte Simon ein, Gregors Wort, das er so oft benutzte, nach der Sache mit Carsten, am liebsten würd ich verschwinden, sagte Gregor, wenn sie sich trafen und über das redeten, was geschehen war, am liebsten würd ich abhauen, ich will nicht mehr so angesehen werden, wie man mich ansieht: als Vernichter einer menschlichen Existenz. Nein, das hatte Gregor so nicht gesagt, nicht mit vierzehn, erst mit achtzehn, Vernichter einer menschlichen Existenz. Aber Gregor konnte nicht verschwinden. Noch nicht. Musste dableiben. Machte Abitur. Mit Simon an seiner Seite. Gregor hatte die Fähigkeit zur Ruhe verloren, er war nicht mehr in der Lage, stillzusitzen, ohne irgendwas zu tun: Wenn ich ruhig dasitze, sagte er, kommen die Bilder. Gregor lernte wie ein Berserker. Er las und hörte zu und verschlang bergeweise Bücher, die Lehrer waren hellauf begeistert. Damals ging es in den Schulen erst los mit Informatik, Gregors Steckenpferd, Physik, Chemie, Biologie, das Abitur eine Formalität. Simons Reaktion auf die Sache mit Carsten war die genau gegenteilige gewesen. Er hatte die Stille gesucht, als Boden für seine Musik, er hatte sich dem Träumen hingegeben, dem Rumspinnen, dem Im-Kopf-Komponieren. Er war durch die Welt gegangen und hatte allem, was ihm begegnete, Töne übergestreift. Es war klar, Simon wollte, er musste Musik studieren, während für Gregor nur Informatik und Physik in Frage kamen. Dann die Trennung: Ich kann dich nicht mehr sehen. Dieser elende Satz, der sich in Simon eingebrannt hatte wie kein zweiter, auch dieser Satz wurde vom Computer nicht angenommen.

Ich geh nach Amerika, sagte Gregor.

Auch in Amerika gibt's Musik-Akademien, sagte Simon, ich komme mit.

Nein, sagte Gregor, nein.

Warum?

Ich kann dich nicht mehr sehen.

Und Schweigen. Und das saß. Und jeder Tritt in die Magengrube wäre ein Hauch gewesen gegenüber diesem Satz. Gregor sagte, immer noch sei es so: Wenn er Simon sehe, sehe er auch Carsten. Es werde immer schlimmer. Ich kann dich nicht mehr sehen. Ich will dich nicht mehr sehen. Ich muss allein weitermachen. Das hört auf hier. Du musst mich nicht zum Flughafen bringen. Ich dank dir für alles. Die Freundschaft ist hiermit beendet. Der zweite Satz, der Simon nicht losließ seit der Trennung. Simon glaubte nicht, was er hörte, auch nicht, als Gregor sich tatsächlich umdrehte, wegging, sich nicht meldete, ein Jahr, zwei Jahre, zehn Jahre, Simon glaubte es erst, als er festgestellt hatte, dass seine Filmmusik niemals den Weg zu einem Film finden würde und alles, was er komponiert hatte, nur inneren Bildern entsprach, nicht äußeren.

Das brachte nichts. Das war sinnlos. Simon wollte

schon aufstehen, als er noch eine allerletzte Idee hatte: die Begegnung mit Gregor in seiner Wohnung. Kopftuch und Strohhut tippte Simon ein, schwarzer Koffer, Alditüte, alles, was er gesehen hatte, Fahrrad, leere Kanister, Limousine, vieles von dem, was Gregor gesagt hatte. Fehlanzeige. Simon stöhnte erschöpft auf, zündete sich eine Zigarette an, blies den Rauch zur Decke, lehnte sich zurück, streckte die Glieder. Direkt über ihm hing ein Rauchmelder, klein, rund, mit Rillen, Simon hatte ihn bislang nicht bemerkt. Er drückte die Zigarette unterm Tisch aus und steckte sie ein. Noch mal blickte er hoch und sah einen roten Punkt unterm Plastik. Er stieg auf den Stuhl, hörte ein merkwürdiges Surren: eine Kamera, hinter der Rauchmelderfassade. Simon starrte eine Weile hin, weil er nicht wusste, was er tun sollte. Dann hörte er ein Geräusch in seinem Rücken, drehte sich ruckartig um auf dem Stuhl, verlor das Gleichgewicht, ruderte mit den Armen und stürzte zu Boden. Ein Schnaufen hinter ihm, als öffne sich etwas. Schlurfende Schritte. Und Simon sah Gregor Strack, der langsam auf ihn zukam. Gregor trug das graue Kopftuch, aber nicht mehr den Strohhut. »Du!?«, sagte Gregor, und Simon, der immer noch auf dem Boden saß, antwortete: »Ja, Gregor, ich bin es, ich, ich, ich.«

18

Gregor beugte sich zu Simon und legte ihm die Hände auf den Kopf, nein, er wühlte in Simons Haaren, schaute, tastete, Simon ließ es geschehen, und schließlich hockte sich Gregor neben ihn auf den Boden, er sog die Luft tief ein und blinzelte. »Sag, dass es nicht wahr ist«, flüsterte Gregor. »Du hast sie gefunden?«

»Was?«

»Die Kappe?«

»Welche Kappe?«

Aber Simons Frage war schon halb gestorben, ehe sie den Mund verlassen hatte, es war nur noch ein matter Versuch, Gregor etwas vorzumachen.

»Ich seh es. Die Haare gehen dir aus, du hast schon Wunden.«

Simon zuckte mit den Schultern.

»Du musst es mir sagen.«

»Warum?«, fragte Simon.

»Es ist lebenswichtig.«

»Für wen?«

»Für dich, mein Lieber.«

Simon schwieg.

»Weißt du«, sagte Gregor, jetzt wieder wuselig, »ich

war, da konnte ich nichts für, ich hab nicht gewollt, dass du sie findest, ich wollte sie nur bei dir verstecken, das ist kompliziert, verstehst du, gleichzeitig hab ich alles dafür getan, dass du sie *nicht* findest, der Koffer, die Tüte im Schrank, mein Gott«, schrie Gregor jetzt, »warum hast du im Schrank nachgesehen, wie kommst du darauf, im Schrank nachzusehen, im Schrank liegen alle möglichen Dinge, die keiner mehr braucht, und was tust du? Steigst auf den Stuhl und kramst im Schrank mit den alten Sachen, wie kommst du dazu?«

»Was passiert mit mir?«, fragte Simon.

Gregor lachte. »Das willst du nicht wissen.«

»Doch«, sagte Simon. »Deshalb bin ich hier.«

»Was ich dich jetzt frage«, Gregor betonte jedes Wort, »ist unendlich wichtig. Hör mir genau zu! Du hast die Kappe gefunden. Wann hast du sie gefunden?«

»Kurz nachdem du bei mir warst.«

»Und wann hast du sie zum ersten Mal aufgesetzt?«

»Einen Tag später«, sagte Simon.

»So lange schon. Hast du schon die … die Aussetzer gehabt?«

»Was für Aussetzer?«

»Du tust Dinge und erinnerst dich nicht mehr daran?«

»Ich weiß nicht.« Simon dachte nach. »Wie könnte ich das überhaupt wissen? Wenn ich mich nicht mehr dran erinnere.«

»Hast du schon – getötet?«, fragte Gregor.

»Bitte?«

»Hast du schon daran *gedacht*, jemanden zu töten?«

Simon schwieg. Sein Knie schmerzte vom Sturz vorhin.

»Also ja?«, fragte Gregor.

Waltraud Kubelik, Gift, Wasserglas, Wasserflasche, sein Sturm in die Wohnung, die Vernichtung des Gifts.

»Meine Nachbarin«, sagte Simon.

»Weshalb?«

»Wär ich mal tot und begraben. Das hat sie gesagt. Wär ich mal tot und begraben. Ich hab gedacht, ich kann ihr helfen. Ich kann ihr den Wunsch erfüllen. Aber ich hab's nicht getan. Ich hab's rückgängig gemacht, ich hab das Gift wieder aus der Flasche geschüttet, ich hab's ins Waschbecken gekippt.«

»Bist du sicher?«

»Wie meinst du das?«, fragte Simon.

»Manchmal glaubt man nur, Dinge getan zu haben.«

»Ich werd doch wissen, was ich getan hab.«

»Wie fühlst du dich jetzt?«

»Schlapp irgendwie.«

»Wie lange hast du die Kappe nicht mehr aufgehabt?«

»Weiß nicht. Sechzehn, achtzehn Stunden.«

Gregor blickte Simon lange an und schwieg.

»Jetzt sag mir endlich ...«, rief Simon.

»Hab Geduld«, sagte Gregor. »Geduld.«

»Ich hatte lange genug Geduld. Ich will wissen, was los ist. Wo bist du überhaupt hergekommen?«

»Aus meinem Labor.«

»Was für ein Labor? Ich dachte, *das hier* ist dein Labor!«

»Das hier? Was denn? Dieser Raum?«

»Das hat Sandra gesagt.«

»Du hast mit ihr gesprochen?«

»Ja, heute Abend.«

»Hat sie nichts erzählt? Von Carsten?«

»Von Carsten? Was soll sie mir über Carsten erzählen? Ich habe *ihr* von Carsten erzählt. Jetzt hör endlich auf damit, ich will eine Antwort: Wo ist dein verdammtes Labor, und was ist da drin?«

»Hinter der Wand. Da, wo ich hergekommen bin, vorhin. Verborgene Tür. Kann nur ich öffnen. Sonst niemand.«

»Und was ist mit der Kappe? Was geschieht mit mir?«

»Kommt drauf an.«

»Worauf?«

»Ob du die Kappe weiter aufsetzt oder nicht.«

»Wie lange hast du sie getragen, Gregor?«

»Fünf Wochen.«

»Und dann?«

»Hab ich sie dir gebracht. Und mich hier eingeschlossen. Du musst dich entscheiden, Simon. Früher oder später. Für oder gegen die Kappe. Ich hab es geschafft.« Gregor zeigte auf Simons Schädel. »Ich würde sagen, noch fünfmal, vielleicht sechsmal kannst du die Kappe aufsetzen, und danach musst du dich entscheiden, mein

Lieber, ob du sie ein letztes Mal aufsetzt oder ob du sie nie mehr aufsetzt. Du wirst dich verlieren, wenn du sie einmal zu oft aufsetzt. Wie süchtig bist du schon? Ruft sie dich? Lockt sie dich? Das ist die Folge des Verschwindens. Verschwinden, die Macht spüren, im Verborgenen Fäden ziehen. Wie groß ist der Schmerz?«

Simon schwieg.

»Der Schmerz. Wenn du sie abziehst, die Kappe?«

»Wird immer größer.«

»Er wird irgendwann so groß sein, dass du sie nicht mehr abnehmen *kannst*, die Kappe, weil der Schmerz dich sonst in Stücke reißt.«

Jetzt stand Gregor auf. Simon ebenso. Sie maßen sich mit Blicken. Wie bei einem Duell. *Spiel mir das Lied vom Tod.* Simon trat leicht mit dem Bein auf, der Schmerz im Knie ließ nach, er sah sich um. Er stand mit dem Rücken zur Wand. Gregor kam noch näher. Brachte sein Gesicht zu Simon, und der sah in Gregors Augen das Flackern, das ihm schon bei ihrer ersten Begegnung aufgefallen war, etwas Wirres, aber mit einem Schlag wurde das Flackern durchbrochen von seltsamer Kälte, sein Mund verzerrte sich, und Gregor legte seine ganze Nachdrücklichkeit in die Worte: »Du musst sie vernichten.« Simon schwieg. »Du musst das Ding vernichten. Wenn du es nicht tust … Ich hab es nicht gekonnt, verstehst du. Ich hab es versucht. Aber es ging nicht. Ich hab sie zu lang getragen. Sie hat dich im Griff, wenn du sie zu lange trägst. Sie kann verhindern, dass du sie vernichtest. Du denkst, ich bin verrückt, ich bin es nicht. Du denkst, ich rede von der Kappe wie von einem lebenden Wesen. Aber ich konnte sie nicht vernichten, ich konnte sie nur jemand anderem bringen. Ich konnte sie nur *dir* bringen. Für dich ist es noch nicht zu spät. Ich kann dir helfen, aber *du* musst es tun, ich kann dabei sein, wenn du es tust, aber du musst sie vernichten.« Gregor kam Simon jetzt so nah, dass die Nasenspitzen sich beinah berührten, und dann sagte er: »Wo ist das Biest?«

Simon wich zurück, zur Wand, er hatte Angst, dass die Wand plötzlich aufsprang wie das Maul eines Wals und ihn mitsamt allem, was er war und hatte, verschlang, eine Angst vor Gregor, vor diesem halb verrückten Wesen, das in Wirrheit und Schärfe sprechen konnte, und diese Angst war die Angst, Gregor könnte ihm die Kappe nehmen. Niemals!, dachte Simon. Egal, was passiert, niemals gebe ich ihm die Kappe, aber ich muss ihn irgendwie ..., wenn ich jetzt die Wahrheit sage, wird er sie an sich reißen, er wird zu Miriams Briefkasten fahren und ihn aufbrechen, wird mich hier einsperren, er ist stärker als ich, ist er das? Gut, dass ich den Brief mit dem Schlüssel nicht an mich selbst ... Was will er nur? Ich muss, ich will, ich ... »Nein«, sagte Simon, »nein, ich werd es dir nicht sagen.«

»Hast du sie bei dir?«

»Dann hätte ich sie auf.«

Simon spürte, dass er mit Gregor längst in einem

Ring stand und sie miteinander kämpften, er, weil er die Kappe nicht verlieren, und Gregor, weil er die Kappe vernichten wollte. Deshalb rief Simon jetzt noch einmal: »Ich will wissen, was das für ein Ding ist! Und wo du sie her hast!«

»Es geht nicht darum, wo sie herkommt«, sagte Gregor, »es geht darum, was wir jetzt tun. Ich hab sie bei dir versteckt, mein Lieber, bei wem sonst? Ich wollte sie mir wieder holen. Ich hab gedacht: Wenn mein Kopf heilt, wenn die Wunden heilen, kann ich sie wieder aufsetzen, die Kappe. Ich hab gedacht: Ich hol sie mir zurück, irgendwann. Das war der Plan. Ich hab gedacht, wenn ich wieder klar bin, wenn ich wieder gesund bin, wenn die Wunden auf meinem Kopf verheilt sind, dann hol ich mir die Kappe zurück. Aber«, Gregor riss sich mit einem Ruck das Kopftuch vom Schädel, »sie heilen nicht, die Wunden! Sie werden nicht heilen! Nie wieder!« Gregors Kopf war kahl, Simon sah etliche Narben, schiefe Stiche in der Haut, Krusten, Entzündungen, blaue, tiefrote Stellen, aber er wollte sich nicht einschüchtern lassen, alles, was Gregor erzählte, schien ihm nur neue Ablenkung zu sein. Und Simon sagte jetzt ganz leise: »Zum allerletzten Mal: Woher hast du die Kappe?«

Gregor schwieg.

»Du hast sie in Mexiko gefunden?«, fragte Simon.

Gregor lächelte.

»GS? Gregor Strack? *Great Searcher?* Du warst mit

dem Liliputaner dort? Wie hieß der? Sebastian? In Calakmul?«

Gregor lachte hämisch.

»Also es stimmt?«, schrie Simon. »Sag mir die Wahrheit.«

»Du willst Wahrheit? Es gibt eine Wahrheit. Eine Wahrheit, die man weder sehen noch glauben kann. Sie wird dir nicht schmecken, die Wahrheit. Du willst sie hören?« Simon reagierte nicht. Gregor sprach leise. »Nehmen wir an, die Suche nach der Kappe ist Unsinn. Nehmen wir an, dieser Kuhn von der *Société* hat recht: Man kann sie nicht suchen, nicht finden, nein, die Kappe wird einem gebracht. Sie wird einem gereicht. Wer«, flüsterte Gregor, »wer, denkst du, wer könnte *mir* die Kappe gereicht haben, Simon? Wer?«, rief Gregor und packte Simon am Kragen. Simon schloss die Augen und sagte endlich das entscheidende Wort, sagte es eingeschüchtert und fühlte sich ohne Kappe so entsetzlich hilflos, ein Schildkrötenmännchen, kurz davor, den Kampf gegen den Rivalen zu verlieren, in der eisigen Wüste der Wirklichkeit, kurz davor, auf den Rücken geworfen zu werden und einen grauenvollen Tod zu sterben, das langsame Zuendezappeln des Körpers, das qualvolle Aussaugen der Körpersäfte durch die Sonne, die so heiß ist, dass sie sich eiskalt anfühlt, die Sonne, die den Körper zum Schmelzen bringt und nichts übrig lässt als den leeren Panzer, Simon holte Luft und sagte: »Carsten?«

Gregor ließ ihn los. Er strich sich übers Jackett. Erst jetzt fiel Simon auf, wie elegant Gregor gekleidet war im Vergleich zu ihrer letzten Begegnung. Einen Anzug trug er, Krawatte, Krawattennadel. Simon dachte, wenn mir nichts anderes mehr bleibt, werde ich ihm die Krawattennadel ins Auge stechen.

»Wer sonst«, sagte Gregor.

»Und wo, wo, wo steckt er?«

»Er ist hier«, sagte Gregor. »Oben. Im Haus. Ich habe das ganze obere Geschoss, das gesamte zweite Stockwerk habe ich ihm zur Verfügung gestellt. Nachdem seine Mutter gestorben ist. Sie war die einzige, die er noch hatte. Sie ist jetzt zwei Jahre tot. Du glaubst mir nicht? Los, gehen wir hoch.«

19

Mit jedem Schritt nach oben ging Simon einen Schritt nach unten, in den Raum der Erinnerung, den er für so lange Zeit mit dunklen Tüchern verhängt hatte. Sein Kindheitshaus, die Eltern schliefen, halb zwölf in der Nacht, aber was heißt Kindheitshaus, er war vierzehn Jahre alt, trat an die Garderobe, nahm den Lodenmantel seines Vaters vom Haken, der ihm bis fast zu den Füßen reichte, drückte den Hut des Vaters in die Stirn, öffnete die Haustür und schloss sie so sacht, dass keiner was merkte. Er pfiff. E-Gitarre. Mundharmonika. Fühlte sich wie Charles Bronson in *Spiel mir das Lied vom Tod.* Was Simon damals elektrisiert hatte, war vor allem die Musik gewesen, Edda Dell'Orsos Stimme, das Pfeifen, die Mundharmonika, die E-Gitarre, die Maultrommel. Bei Morricone wurde alles zu Musik, schon in den frühen Leone-Filmen: Peitschenhiebe, Ambossschläge, Rülpser, Glockengeläut, Kreischen. Als Sergio Leone den Komponisten Ennio Morricone aufsuchte, um ihn zu bitten, die Musik zu *Für eine Handvoll Dollar* zu schreiben, erkannten sie sich wieder, gemeinsam waren sie in die dritte Klasse der Grundschule gegangen, und Morricone komponierte fortan zu jedem Leone-Film die Musik. Das ging so: Leone erzählte ihm die Geschichte, noch gab es kein Drehbuch, er beschrieb die Charaktere und Stimmungen, Morricone hörte zu, machte Notizen, kramte in seinem Fundus der bereits komponierten Stücke, die von anderen Filmemachern abgelehnt worden waren, komponierte aber auch für jeden Leone-Film ein Dutzend Motive neu, und gemeinsam wählten sie aus, welches Stück für welche Szene passen könnte. Entscheidend ist: Die Musik wird aufgenommen, ehe überhaupt die erste Klappe fällt. Am Set stehen riesige Lautsprecher. Die Schauspieler hören beim Drehen dieselbe Musik, die später auch im Kino zu hören sein wird. Sie bewegen sich zur Musik. Im Duell am Schluss hören die Schauspieler das Mundharmonikaflattern und die Explosion der E-Gitarre und verziehen zu genau diesen Klängen die Mundwinkel, kneifen die Augen zusammen, Bronsons Schlitzaugen, Fondas stahlblaue Augen, man fühlt beim Zusehen die Stimmigkeit. Überhaupt: Henry Fonda. Der sollte zum ersten Mal in seinem Leben den Schurken spielen, der klassische Fall eines *cross-castings*: Bisher hatte er nur die Guten gespielt, Präsidenten, Helden, Retter. Er kam ans Set, trug einen Schnurrbart und schwarze Kontaktlinsen. Leone verkniff sich jede Bemerkung, drehte zunächst aber keine Szene mit Fonda, entfernte nur jeden Tag eine dieser selbstgemachten Maskeraden. Es dauerte ein bisschen, ehe Fonda verstand, dass er als Bösewicht genauso aussehen sollte wie in seinen Gutmensch-Rollen, denn auf diese Weise wirkten Fondas abscheuliche Taten noch um einiges perfider.

Wir hatten den Film schon viermal gesehen, heimlich, auf Video, und wir konnten die Dialoge mitsprechen, dabei sind Dialoge gar nicht so wichtig, sagt Leone selbst, wichtig sind Musik und Bilder, und eigentlich bräuchten die Leute gar nichts zu sprechen. Schon in seinem Film *Zwei glorreiche Halunken* war er an eine Grenze gegangen, indem er die Schauspieler so lange hatte schweigen lassen, dass die Zuschauer riefen: »Fangt doch endlich an zu reden!« Wir dachten trotzdem an die Dialoge, dachten daran, wie der gut-böse Bandit Cheyenne die schöne Jill einschüchtern will und ihr sagt, draußen warteten seine Männer darauf, dass er sie hereinrufe, Jill ihm aber nur höhnisch den Kaffee hinknallt und zischt: »Na los, rufen Sie sie rein! Mir macht das nichts aus. Ich werd schon nicht daran krepieren. Denn wenn's vorbei ist, nehm ich mir einen großen Eimer warmes Wasser, und alles ist, wie's vorher war: Dreckige Erfahrungen im Leben können nicht schaden!« Wir dachten an Jills Versuch, Mundharmonika zurückzuhalten, am Schluss des Films, dachten an ihren Süßwassersatz »*Sweetwater* wartet auf dich!« und an Mundharmonikas eiskalte Antwort: »Irgendeiner wartet immer!« Erst viel später verstanden wir diesen Satz, der fiel, kurz nachdem Frank und kurz bevor Cheyenne starb, erst viel später verstanden wir, dass Mundharmonika mit *Irgendeiner* keinen Menschen meinte, sondern den Tod.

Meine Eltern waren nachmittags nie zu Hause, und nachdem wir den Film zum fünften Mal gesehen hatten, weihte Gregor Carsten ein und sagte ihm, was wir vorhatten.

Carsten schluckte.

Kommst du mit?, fragte ich.

Carsten dachte lange nach, dann nickte er.

Wir mussten noch sieben Stunden totschlagen, ehe wir – jeder für sich – aus den Häusern unserer Eltern schlichen und zur Jakobuskirche liefen. Gregor und ich kamen gleichzeitig dort an und grinsten. Kurz vor Mitternacht tauchte Carsten auf. Wir gingen los mit unseren langen, von den Vätern geklauten Leone-Mänteln, mit den schief sitzenden, großen Hüten, mit unseren vierzehnjährigen Köpfen voll vom soeben gesehenen Film. Gregor (Frank) hatte einen Karnevalsrevolver umgeschnallt, Carsten (Cheyenne) ein Bowiemesser dabei, wie er sagte, wir lächelten milde, denn es war nur ein großes, spitzes Fleischmesser aus der Küchenschublade, und ich (Mundharmonika) natürlich meine Mundharmonika. Ich konnte die Melodien längst auswendig. Ich spielte sie auf dem Weg und musste aufpassen, das Atmen nicht zu vergessen. Unser Ziel: der Friedhof.

Wir kletterten über die Mauer. Taschenlampen wurden angeknipst. Wind zerrte an Bäumen und Sträuchern, auch an den Holzkreuzen, die leise knarrten, er rüttelte an den Schlössern und dem Gitter des Portals in unserem Rücken. Gregor hatte drei Stöckchen in der Hand. Es war ein abgekartetes Spiel, und Carsten, ohne es zu wissen, das Opfer.

Wer das kürzeste zieht, *gewinnt*, sagte Gregor, halb ironisch.

Und wir zogen.

Ich erwischte das längste, das sah ich sofort. Carsten zog das zweitlängste. Das kürzeste blieb bei Gregor. Der grinste.

Gewonnen, sagte er.

Was?, fragte Carsten.

Ich hab gewonnen, sagte Gregor. Ich darf bestimmen, wer es machen muss.

Carsten schüttelte den Kopf und sagte: Ich hab gedacht, wer das kürzeste zieht, muss es machen.

Quatsch, sagte Gregor, ich hab doch gesagt, wer das kürzeste zieht, *gewinnt*? Oder, Simon?

Und dann tat ich es. Ich nickte. Und sagte: Klar, war doch abgemacht. Wer das kürzeste zieht, gewinnt und darf bestimmen.

Carsten zitterte plötzlich.

Und Gregor sagte: Na, dann geh mal los, Carsten.

Ich will nicht, sagte der.

Du musst, sagte Gregor.

Ich kann nicht, sagte Carsten.

Du kannst, sagte ich und fügte hinzu: Ich wär auch gegangen. Wenn's mich erwischt hätte.

Sei keine Memme, sagte Gregor.

Ist doch nichts dabei, sagte ich.

Carsten blickte uns an. Seine Augen lagen in den Höhlen wie aufgebahrt. Vielleicht dachte er in diesem Augenblick, wenn er jetzt abhaut, wird er auf ewig der verdammte Dritte bleiben, wenn er es aber *tun* würde, wenn er wiederkäme und uns zeigte, was er getan hatte, würde er sich vielleicht einen neuen Platz erkämpfen und wir ihn in einem anderen Licht sehen, aber vielleicht dachte er auch nichts in diesem Moment.

Du feige Sau, sagte ich und schubste Carsten. Er taumelte, fiel aber nicht.

Komm, lass den Schlappschwanz, sagte Gregor und wandte sich ab.

Wir machten einige Schritte zurück zur Mauer, als wir Carstens leise, quiekende Stimme hörten, in unserem Rücken.

SchSchStop, rief er.

Wir blieben stehen.

Sahen uns seitwärts in die Verräterfressen.

Ich spuckte aus, als hätte ich Kautabak im Mund.

Wir kehrten zu Carsten zurück. Der zog sein Bowiemesser aus der Manteltasche und sagte: Ich mach's!

Ich legte ihm eine Hand auf die Schulter. Toller Kerl, sagte ich und sah Carstens Augen zum letzten Mal strahlen.

Wir stapften langsam in die Nacht, bis zur Gabelung am Grab von Guido Schwitters. Wir bogen ab nach links, an den Gräbern der Familien Linz, Schweighöfer, Tauschner vorbei Richtung Soldatenfriedhof. Ehe wir dorthin gelangten, blieben wir stehen. Noch ein Abzweig.

Da drüben, sagte ich.

Wir warten hier, sagte Gregor.

Carsten nickte. Er schaute uns an. Ging weiter. Von jetzt an allein. Dort hinten schimmerte das Ziel, und wir waren froh, dass wir zusammen waren, Gregor und ich, zusammen und nicht allein. Allein wie Carsten.

20

Was sind das für Mächte, die uns bedrängen? Die ihre Schatten über uns schütten? Die aus uns kommen, aber uns vorgaukeln, sie kämen von außerhalb? Die von uns Kindern Besitz ergreifen? Was sind das für Albträume? Auf-der-Stelle-Rennen, Nicht-fort-Können, leises Hinabschleichen, Treppe runter, und gerade, wenn man den rettenden Schritt tun will, ins Wohnzimmer, zu den Eltern, greift von hinten, aus dem Schlund des Flurs, etwas zu, fasst nach unserer Schulter und zieht uns unerbittlich in die dunklen Ecken, bis in die Waschküche, bis in den Keller, um etwas mit uns zu tun, von dem wir nicht wissen, was es sein wird, weil wir immer rechtzeitig aufwachen zum Glück, aber es ist etwas, wovor wir uns fürchten wie vor nichts sonst. Wer ist dieser Mann, der, wenn wir in der Nacht die Augen aufreißen, aus der Wand ins Zimmer tritt und vorm Bett stehen bleibt? Wir fürchten keine körperliche Gewalt, unsere Angst ist eine Angst, die sich weder klären noch erklären lässt, Angst vorm Löschen dessen, was nicht nur Körper ist.

Carsten achtete nicht auf die neben ihm aufscheinenden Gräber, weder auf den Weg noch auf den Wind, der ihm unter den langen Mantel kroch und diesen leicht wölbte, achtete nicht darauf, dass seine Hände nass und seine Augen trüb wurden für die nächsten, alles entscheidenden Minuten seines Lebens. Er verließ Gregor und Simon, blickte sich nicht noch mal um, ließ sie hinter sich zurück, im Dunkeln. Und sah vor sich das Ziel. Er glaubte noch immer nicht daran, dass er es tun würde, er legte das Messer aufs Fenstersims, hievte sich mit beiden Händen hoch, sodass er auf dem Sims zu sitzen kam, packte das Messer, drehte es und schlug mit dem Knauf die Scheibe ein. Das alles rasch und ohne nachzudenken. Beim Geräusch des Splitterns hielt er den Atem an. Noch könnte er einfach runtersteigen und abhauen. Aber er wunderte sich, dass er überhaupt so weit gekommen war, nur noch ein Schritt, er überlegte nicht lange, wechselte das Messer in die Linke, zur Taschenlampe, griff mit der Rechten durchs Loch, öffnete das Fenster und stieg ein. Dort stand er und wollte atmen, konnte es aber kaum. Er befand sich in der Totenhalle.

Aus Angst vorm Lebendig-begraben-Werden errichtet, um die toten Körper drei Tage lang zu beobachten und sicher zu sein, dass keine Lebenszeichen mehr festzustellen sind, damit endlich die blutigen Kratzspuren im Innern der Särge ausgemerzt werden, von Menschen, die, zu früh verscharrt, die Augen aufschlagen und sich in einer Kiste finden, aus der es kein Entrinnen gibt, die Totenhalle: ein Relikt, aus hygienischen Gründen aufrechterhalten. Es war kühl im Gebäude, eine kapellenartige Halle, dazu mehrere kleinere Räume, der Kegel der Taschenlampe zuckte über Klinken und Holz. Carsten konnte nicht schlucken, Enge im Hals, konnte kaum gehen, Schwindelgefühl, strich über die Nasenwurzel und blieb einen Augenblick stehen. Es näherte sich nichts. Er ging weiter. An der ersten Tür vorbei, er wusste nicht, was dahinter lag, er blieb in der großen Halle. Die nächsten Türen, links, dann rechts: Eine davon musste er öffnen. Irgendwann. Etwas in ihm sagte, dass er sich beeilen musste, um den Verstand nicht zu verlieren und so schnell wie möglich wieder draußen zu sein. Denn dann müssten seine Freunde rein. Carstens Aufgabe: das Messer in einen der Särge rammen, tief ins Holz; Simons und Gregors Aufgabe: das Messer wieder rausziehen. Carsten wusste nicht, woher er den Mut fand, aber irgendwann öffnete er eine Tür zu seiner Linken, betrat ein Zimmerchen, noch kühler als die Halle. Er hob seine Lampe. Dort lag etwas im Bett, der Lichtkegel erfasste das Gesicht der Toten, eine alte Frau, deren Augen geschlossen waren, aber den Eindruck erweckten, sie könnten jederzeit aufspringen. Carsten stürzte aus dem Zimmer, aber sein Kopf folgte ihm nicht mehr in dem, was er tat, sondern machte sich selbständig, gefüttert von allem, was er je in Nächten geträumt und in Filmen gesehen hatte: Sie richten sich auf, die Toten, werden lebendig, sie verlassen das Bett oder steigen aus dem Sarg. Carsten riss keine Tür mehr auf, denn überall würden sie liegen und auf ihn warten. Am Ende der Halle sah er zwei Särge auf dem Boden, Holz an Holz, Deckel an Deckel, Carsten lief hin, die Schöße seines Mantels wehten hinter seinen Schritten, den Hut immer noch auf dem Kopf, das Messer in der Rechten, die Lampe in der Linken, er legte die letzten Schritte zurück, suchte schon nach einem Ausweg, da, ein Fenster, links, er könnte danach dorthin laufen, es aufreißen und hinaus in die Freiheit springen. Schon war er bei den Särgen, schon hob er das Messer, der Stoß musste hart sein, damit das Messer stecken blieb, und er drehte sich im Stechen schon um, wollte gar nicht sehen, wohinein er stach, das Messer bohrte sich tief in den Sarg, und kurz hatte Carsten das Gefühl, es geschafft zu haben, aber dieses Gefühl zerbrach mit demselben Geräusch wie vorhin das Fenster: Denn Carsten wollte fortstürmen, aber konnte es nicht, er rannte auf der Stelle, schaute nicht zum Sarg, in den er das Messer gestochen hatte, schaute nur zum Fenster, hob den Arm, wollte hin, aber etwas hielt ihn zurück, unerbittlich, mit aller Kraft, eine Hand muss es sein, eine knöcherne, verfaulte Hand aus dem Innern des Sargs, den er entweiht hat, die Hand eines morschen Toten, und diese Hand klammert sich an ihn, Carsten kann nicht weiter, die Hand will ihn mit sich zerren, hinein in den Sarg, nach unten. Doch ehe das geschehen kann, stürzt Carstens Geist wie ein Kartenhaus zusammen, in den Strudel des Nichtbewusstseins, es klinkt sich alles, was er ist und werden könnte, aus, er fällt einfach hin, bleibt liegen, er ist in Sicherheit jetzt, nichts kann ihn mehr erreichen, noch nicht mal er selbst, der Schwindel, die Bewusstlosigkeit, das Ende, ein sicherer Ort, er kriegt nichts mit von dem, was ihm geschieht, die Toten, sie können jetzt machen, was sie wollen, es ist ihm egal, er hat sich fortgestohlen aus der Welt, er ist in einem luftleeren Raum, er hat ihn ausgeknipst, den inneren Lichtschalter, jetzt ist alles schwarz in ihm, jetzt ist er nur noch Körperblock.

Simon und Gregor standen draußen und warteten. Etwa zwanzig Minuten. Wurden unruhig. Wussten nicht, was sie tun sollen. Also warteten sie. Noch mal zwanzig Minuten.

Der ist abgehauen!, sagte Gregor.

Aber sie wagten es nicht, einfach so vom Friedhof zu verschwinden, denn sie hatten das Klirren des Glases gehört, sie wussten, Carsten hatte die Scheibe des Fensters eingeschlagen, und wenn er das getan hatte, warum sollte er dann abhauen?

Wir müssen hin, sagte Simon.

Gemeinsam war es leichter. Sie machten sich auf den Weg. Sahen das zersplitterte Fenster und einige Fenster weiter ein Leuchten.

Er ist drin, sagte Simon.

Warum kommt er nicht raus?, fragte Gregor.

Warum bewegt sich das Licht nicht?

Was macht er da?

Sie stiegen in die Totenhalle und hielten sich an den Händen, folgten dem Weg, den Carsten vorgelegt hatte, sahen eine aufgerissene Tür, schauten nicht hinein, und hinten, am Ende der Halle, da war das Licht. Sie näherten sich. Da stimmte was nicht. Die Taschenlampe lag auf dem Boden. Sie liefen hin, knieten sich zu Carsten, dort lag er, lang ausgestreckt, das Weiße der Augen zu sehen im Licht der Lampen, der Hut war ihm vom Kopf gefallen, die Haare klatschnass, Simon hörte ein Hecheln, sah Spucke vorm Mund, das Messer, das im Sarg steckte. Aber nicht nur im Sarg steckte das Messer, auch im rechten Mantelschoß. Im Umdrehen hatte Carsten sich selbst an den Sarg genagelt, hatte durch den Mantelschoß das Messer in den Sarg gerammt, und Gregor und Simon wussten sofort, was passiert war. Sie befreiten Carsten, der irgendwie selig lächelte, packten ihn, Simon nahm das Messer, Gregor Carstens Hut und Taschenlampe, und gemeinsam schleppten sie ihn zum Fenster, wuchteten ihn hinaus, ins Freie, schleiften ihn vom Friedhof ans Licht, unter eine Laterne. Sie gaben ihm Ohrfeigen, erst leichte, dann härtere, sie riefen ihm zu, er solle zu sich kommen, aber das war eigenartig, er kam nicht zu sich, er blieb, wo er war, die Augen weit offen, die Pupillen ins Innere des Schädels gerichtet, als wolle er fortan nur noch sehen, was in ihm selbst vorging, und nicht mehr, was draußen geschah, in der Welt. Rückzug auf ganzer Linie. Die weiße Fahne der Iris. Das wird schon wieder, beteten die beiden abwechselnd, um sich Mut zu machen, aber es wurde nicht wieder, nein, nicht in dieser Nacht, wo sie alles versuchten, nicht um halb zwei, als sie aufgaben und ein Krankenhaus aufsuchten, nicht am nächsten Morgen, nicht in den nächsten Wochen, Monaten, Jahren, Carsten blieb, wo er war, in sich selbst gefangen, Atem nur vorgeschützt, lebendig begraben, und niemand weiß, ob er sich blutig kratzt am Sargdeckel seines Körpers, um wieder rauszufinden und teilzuhaben an dem, was bislang sein Leben gewesen war, ein Leben unter Menschen, Menschen, Menschen, und diese Menschen hören von seiner Geschichte, das Erzählte wird weitererzählt und immer wieder weitererzählt, es entwickelt ein Eigenleben, *Die Mutprobe* heißt die Geschichte und endet meist mit dem Tod des Opfers, wird zum Mythos, jeder hat sie schon mal gehört, keiner glaubt sie, aber Simon und Gregor sind auf ewig an sie gekettet, so wie Carsten auf ewig vor sich hinschlummern wird und sich einrichtet in seinem neuen Bewusstseinszustand, er lässt sich apathisch füttern, liegt apathisch dort, atmet apathisch ein und aus, durchpflügt in einem einzigen Blindflug sein Inneres, denn Carsten hat den Geist aufgegeben und wird noch so lange dort liegen, bis er auch den Körper aufgibt.

21

Auf dem Weg nach oben – Gregor in seinem Anzug, Simon in Kordhose und langärmligem T-Shirt unterm Jackett, mit Wunden am Kopf –, kratzte Simon sich bei jedem Schritt, seine Finger fischten büschelweise Haare heraus, die er fallen ließ, ohne ihnen Beachtung zu schenken, die Aufregung, das, was ihn oben erwartete, etwas, was er sich nicht vorstellen konnte, ließ ihn sich häufiger kratzen, als er bislang gewohnt war, aber das störte ihn nicht. Sie erreichten das Erdgeschoss und den ersten Stock und stiegen weiter hoch ins zweite Geschoss. Gregor drehte sich zu Simon um, als wolle er sich vergewissern, ob dieser ihm folgte. Er betrat ein Vorzimmer. »Dort schläft die Pflegerin«, sagte er, deutete auf die Tür zur Rechten, wandte sich nach links, durchquerte ein Wohnzimmer mit riesiger Fensterfront und Balkon, ehe er vorsichtig ins nächste Zimmer trat, ins Dunkle, gefolgt von Simon. An der Wand entlang tastete sich Gregor zu einer Stehlampe, deren mattes Licht er mit einem Fußdruck in den Raum fließen ließ, Fensterwände, Vorhänge, Lüster, Klavier, Teppiche, Bilder, Zimmerspringbrunnen, Anlage, Duftkerzen.

Zuletzt ließ Simon seinen Blick frei, zum Bett.

Im Bett lag Carsten Guhl.

Er musste es sein.

Wann hatte Simon ihn das letzte Mal gesehen? Was Carsten geblieben war: das Muttermal am Hals, die noch nicht ergrauten Haare, die leicht gekrümmte Nase. Carsten schlief. Das heißt, Simon hätte nicht sagen können, ob er schlief, Carstens Augen klappten manchmal auf wie Fischmäuler, als wolle er etwas sehen, im matten Schummer, der den Raum benetzte, ja, das waren Carstens Augen, grün, mit einem leichten Stich ins Graue, Mandelform. Simon wusste nicht, was er tun sollte. Mit offenen Augen schlief Carsten, den größten Teil seines Lebens hatte er schlafend verbracht, es hatte sich nichts verändert.

»Carsten,«, flüsterte Simon.

Es tat sich nichts.

»Du kannst ihn nicht wecken«, sagte Gregor. »Niemand kann ihn wecken.«

Simon hatte viel darüber gelesen. Gregor ebenso. In Phasen, in denen sie wissen wollten, was mit Carsten los war, ihrem in Bernstein erstarrten Freund. Carsten war in der Totenhalle nicht auf den Kopf gefallen. Er hatte sich nicht das Hirn lädiert. Organisch, körperlich war alles in Ordnung, es gab keine Hypoxie, nichts. Diagnosen griffen ins Leere. Psychogener oder dissoziativer Stupor nach einer heftigen emotionalen Reaktion: Das beschrieb Carstens Zustand am ehesten. Aber über einen so langen Zeitraum? Carsten war innerlich eingefroren. Er konnte essen, das heißt, man konnte ihn füttern, er konnte aufgerichtet werden, seine Gliedmaßen ließen alles mit sich machen, wie eine Marionette mit drehbaren Gelenken, er konnte die Augen öffnen, aber sein Blick war ohne Fixpunkt, war weiß wie Schnee und durchsichtig wie Seifenblasen, sein Blick war tot wie der eines Hais und leer wie das Glas einer Murmel, sein Blick war gebrochen wie ein Schilfrohr nach einem Sturm und stumm wie das Innere einer unentdeckten Höhle, sein Blick war eiskalt wie Wasser am Meeresgrund und reglos wie der Stamm eines uralten Baums.

Simon setzte sich auf die Kante des Betts, legte Carsten die Hand auf die Brust, schloss kurz die Augen, saß in seiner Erinnerung wieder am Krankenhausbett, in den Tagen danach. Damals hatte er des Öfteren versucht, ihn ins Bewusstsein zurückzuboxen, aber nach kurzer Zeit schon hatten Carstens Eltern ihm und Gregor die Besuche verboten, spätestens nachdem sie sich ein abschließendes Bild von den Ereignissen gemacht hatten. Simon hatte ihnen gebeichtet, dass es seine Idee gewesen war, zum Friedhof zu gehen, und Gregor, der alles, was geschehen war, einfach loswerden musste, hatte haarklein geschildert, wie es dazu gekommen war, dass ausgerechnet Carsten in die Totenhalle hatte klettern müssen. Simon war damals zum Guhl-Haus geschlichen, allein, hatte lange gezögert, ehe er den Zeigefinger auf die Klingel drückte. Und als sich nichts tat, weil Carstens Mutter wohl durch die Gardinen den

Seelenmörder ihres Sohns hatte kommen sehen und sich weigerte, ihm zu öffnen, als sich also gar nichts tat im Haus der Guhls, spürte Simon zum ersten Mal im Leben seine von nun an immer öfter auftauchende Lebenswut, eine hässliche Wut auf alles, was geschah und was er sah, eine Wut, die ihn damals, vorm Haus der Guhls, dazu trieb, seinen rechten Zeigefinger auf dem Klingelknopf zu lassen, zwei Minuten, drei Minuten, fünf Minuten, er hätte gar nicht sagen können, wie lange dieses Endlosklingeln gedauert hatte, bis zu dem Augenblick, da Carstens Mutter die Tür aufriss und ihn scharf ansah. Dieser Blick. Es war ein Blick wie ein Schrei. Aber sie sagte nichts. Er sagte nichts. Er hätte gern gesagt *Es tut mir leid*, er wäre gern in Tränen ausgebrochen, vor dem Haus der Guhls, aber es ging nicht, es blieb trocken in ihm, er sah nur diesen Blick, er verstummte vor dem Blick der Mutter, der alles genommen war, das einzige Kind, die Lebendigkeit des einzigen Kinds. Simon hätte gern eine Absolution entgegengenommen, ein *Ist schon gut*, aber die Lippen der Mutter blieben zugenäht. Er wäre so gern vor ihr auf die Knie gefallen, aber seine Muskeln verweigerten den Gehorsam. Die Mutter trat einen Schritt zu ihm, der dort stand, auf der Matte, er, der den Finger von der Klingel genommen hatte, dessen Hand aber noch waagrecht in der Luft hing, dessen Zeigefinger noch immer ausgestreckt zur Klingel zeigte, als säße dort eine dicke Spinne, vor der er die Mutter warnen wollte, sie trat zu ihm, mit einem einzigen, langsamen Schritt, und schlug ihm die rechte Hand ins Gesicht, keine Ohrfeige, ein Schlag, in dem ihr gesamter Trauerhass steckte, und die Mutter schloss sofort danach die Tür, Simon blieb allein draußen stehen, einige Sekunden lang, mit dem Schlag im Gesicht, ehe er sich umdrehte und wegging und nie wieder zurückkehrte. Dieser Schlag hatte ihm gut getan, der Schmerz hallte nach, legte sich wie Salbe auf sein Gewissen. Aber die Wirkung klang rasch ab, und gern wäre er jeden Morgen ins Guhl-Haus gegangen, um sich seine Salbe abzuholen, er malte sich aus, wie die Mutter ihn jeden Morgen schlagen würde, aber das war nicht möglich. Er blieb allein damit. Allein mit Gregor. Nur sie beide, die fertig werden mussten mit etwas, womit man nicht fertig werden kann, nicht mit vierzehn, nicht mit achtzehn, nicht mit fünfundzwanzig, auch nicht mit vierzig, niemals würde er das vergessen. Wenn Carsten nur tot und begraben gewesen wäre, wenn man mit allem, was geschehen war, hätte abschließen können – aber so? Nicht dieser lautlos vor sich hinvegetierende Körper, atmendes Mahnmal für das, was sie getan hatten, nein.

»Man hat alles versucht«, sagte Gregor und zählte auf, was die von ihm rekrutierte und besoldete Armee der Ärzte unternommen und welches Arsenal an Arznei und technischen Hilfsmitteln er beschafft hatte, schon vor Jahren, als Carsten noch bei seiner Mutter lebte, und jetzt immer noch, nachdem er hier eingezogen war, seit dem Ende von Elfriede Guhl, die siebzehn

Jahre lang erfolgreich gegen die eigene Krankheit gekämpft hatte, aus dem einen und letzten Wunsch, ihren Sohn nicht allein zu lassen, in diesem Zustand, den Gregor *Tod auf Halde* nannte, und so lange hatte die Mutter gekämpft, dass sie ihre Kraft plötzlich mit einem einzigen Schlag verbraucht hatte und sich drei Monate nach ihrem achtzigsten Geburtstag der Macht der Krankheit ergab und in wenigen Wochen bei lebendigem Leib zerfressen wurde, von Zellen, die nicht zu ihrem Körper gehörten.

Carsten. Ausgestreckt, Folterbank. An sich selbst gefesselt. Nicht kleinzukriegen. Nicht zu tilgen. In ihn hineinkriechen. Kurz. Einmal so werden wie er. Sehen, was er sieht. Spüren, was er spürt. Das ganze Leben ein Gang durch einen dunklen Raum. Die Hände voran gestreckt, immer tastend, suchend, immer mit Hoffnung auf einen Lichtstrahl, der doch endlich irgendwo erscheinen muss. Aber nicht erscheinen will. Der ausbleibt. Hinter den Schleieraugen die innere Biene, die noch summt, an der stumpfen Glasscheibe hochklettert, Jahr für Jahr, den Ausweg sucht, ihn nicht findet. Niemals finden wird. Ein Kaspar Hauser seiner selbst. Nicht ins äußere, sondern ins innere Dunkel gesperrt. Endlosschleife der Nervenbahnen. Nicht mehr ins Offene gerichtet, nur noch mit sich selbst verknüpft, im minimalen Raum. Und wir?, fragte sich Simon. Wen sehen wir, wenn wir Carsten sehen? Wenn wir nah an ihn herantreten, sehen wir uns selbst im Spiegel seiner Augen.

In Simons Kopf jetzt Musik. Ein Grundton, Cello, ohne Begleitung, ein C, das sich verkriechen will, ohne Entwicklung, einfach nur C, ganz allein, ohne Es und G, ohne die fehlenden zwei Drittel des Mollakkords, aber dennoch trister als ein Mollakkord es je hätte sein können. Der Cellostrich klang ohne Unterbrechung, Simon sah keinen Spieler, nur den Bogen und das Instrument, keine Hand, die den Bogen hielt, kein Knie, woran der Holzkörper lehnte. Das C wollte nicht mehr verschwinden aus seinem Kopf, und Simon fürchtete, das C würde ihn begleiten, von jetzt an, vielleicht für immer.

»Hörst du das auch?«, fragte Simon.

Doch Gregor antwortete nicht.

»Hörst du das C?«, fragte er noch einmal und sah sich zu Gregor um. Der war nicht mehr da. Nur noch der Bogen und Körper und Ton und *Tod auf Halde*. Simon wich zurück, immer den Blick auf Carsten gerichtet, als könne er so verhindern, dass Carsten plötzlich aufstand, ihm in die Augen sah, seinen Arm ausstreckte und sagte: Was hast du getan? Simon ging hinaus, wusste genau, wo Gregor steckte, lief die Treppe hinunter, ins Gästezimmer, sah, dass seine Sachen zerwühlt und verstreut auf dem Boden lagen, die Schubladen rausgerissen. Simon gab keinen Mucks von sich, schaute zu, wie Gregor den Schrank durchstöberte und wartete, bis der ihn bemerkte.

»Wo ist sie?«, rief Gregor.

»Sie ist nicht hier«, sagte Simon.

»Du hast sie zu Hause gelassen?«

»An einem sicheren Ort.«

»Wir müssen sie vernichten!«, rief Gregor.

»Kann man das denn?«

»Wir müssen es versuchen.«

»Und wie?«

»Ich weiß nicht. Lass uns fahren. Jetzt. Sofort. Wir dürfen keine Zeit verlieren.«

Simon sah keine Möglichkeit, Gregor abzuschütteln. Der würde ihn nicht weglassen. Der war besessen. Der wollte die Kappe. Ob er tatsächlich die Absicht hatte, sie zu vernichten, wusste Simon nicht. Nur eins wusste er: Das einzige, was ihm, Simon, noch etwas bedeutete, war die Kappe. Das beste wäre, so zu tun, als ließe er sich auf Gregor ein, das beste wäre, er würde mit Gregor nach Hause fahren, noch heute Nacht, und am Hackethal-Haus Wache stehen, allein mit Gregor, um ihn dann, wenn sie den Umschlag aus dem Briefkasten gefischt hätten, mit einem einzigen Schlag niederzustrecken, zum Bahnhof zu laufen, denn wenn er erst mal die Kappe trüge, wäre er in Sicherheit. »In Ordnung!«, sagte Simon fest. »Wir fahren. Heute Nacht noch. Jetzt gleich. Ich bring dich hin.«

»Gut«, sagte Gregor. »Gut. Gut.«

»Unter einer Bedingung«, fügte Simon hinzu.

»Was denn noch?«

»Du sagst mir endlich, woher du die Kappe wirklich hast.«

22

Sie verließen den Raum. Nach unten ging's, ins Erdgeschoss, und tiefer, in den Keller, hinein ins Labor, Gregor schloss die Tür hinter ihnen ab, der Laptop stand an seinem Platz, der Stuhl lag dort, umgekippt, Gregor rückte ihn zurecht, Simon stellte sich hinter ihn, gemeinsam blickten sie auf den Monitor.

»Das Passwort?«, fragte Simon.

»xc9ßU3öZt«, sagte Gregor und tippte gleichzeitig.

»Ich hab es mit *Tarnkappe* versucht«, sagte Simon.

»So wenig kennst du mich, mein Lieber.«

Es erschien der Arbeitsbereich des Computers, Zahlenreihen vor schwarzem Hintergrund, Gregor tippte etwas, drückte Enter, lehnte sich zurück, und eine Tapetentür in der Wand öffnete sich.

»Und dafür brauchst du den Laptop?«

»So ist es.«

»Für sonst nichts?«

»Für sonst nichts.«

Sie betraten einen Gang, Gregor machte Licht, rotblaue Fliesen, steril, irreal. Die Decke weiß verputzt, mit Beleuchtungsquellen in geringem Abstand. Die Tür schloss sich hinter ihnen. Simon folgte Gregor, und sie gelangten in einen Raum, in dem jede Menge Geräte, Computer, Maschinen standen, Licht strömte aus Neonröhren.

»Stell dir vor«, sagte Gregor, »du stehst an einem Fluss. Auf einem Steg. Du schaust in den Fluss. Du siehst einen Fisch. Wo befindet sich der Fisch?«

»Im Wasser.«

»Ich meine: Schwimmt der Fisch dort, wo du ihn siehst?«

»Wo sonst?«

»Wahrnehmung, Augen, Licht, das ist alles Täuschung, du siehst nicht die Dinge, wie und wo sie sind, sondern wie und wo sie dir erscheinen. Der Fisch, sag ich dir, befindet sich ein Stück weiter weg von dem Punkt, an dem du ihn zu sehen glaubst. Das Auge rückt ihn nur scheinbar näher an uns heran. Warum? Das Licht wird an der Wasseroberfläche gebrochen. Schon mal von gehört? Das ist ein natürlicher Vorgang, man benutzt das für Mikroskope. Weißt du, wie ein Mikroskop funktioniert?«

»So ungefähr.«

»Nur durch die Brechung des Lichts ist eine Vergrößerung möglich. Man entwickelt immer bessere Mikroskope. Dazu brauchst du Prismen aus einem Stoff, der das Licht nicht nur einfach bricht, sondern immer stärker. Wenn es gelänge, ein Material zu entwickeln mit negativem Brechungsindex ...«

»Mit was?«

»Das Licht wird nicht nur gebrochen, es wird sozusagen zurückgebrochen. Der Strahl wird nicht nur stärker geknickt, sondern nach hinten. Er trifft auf das Material und ändert seine Richtung. Das nennt man negativen Brechungsindex.«

»Was hat das mit der Kappe zu tun?«

»Metamaterial. So nennt man das Material, das über die Eigenschaften verfügt, die wir suchen, das sind allerkleinste Materialien. Stell dir ein Haar vor, ein menschliches Haar, eins von den Haaren, die dir ausgefallen sind in den letzten Wochen, ein einfaches Haar, und jetzt teile das Haar und teile es noch mal und noch mal und schneide es in tausend kleine Streifen. Kannst du dir das vorstellen?«

»Nein.«

»So klein muss ein Metamaterial sein, damit es taugt. Man spricht von Nanometern. Ein Nanometer ist ein Millionstel Millimeter. Das sind Dimensionen, die nur schwer zu denken sind. Jason Valentine, Forscher in Berkeley, ich höre mir das an und lache laut, kalter Kaffee, Valentine und sein Team haben Schichten von Silber und Magnesiumfluorid aufeinandergelegt: nanometerkleine Schichten, ein Netz aus hyperwinzigen Maschen, kleiner als die Wellenlänge des Lichts. Jetzt schneiden die Forscher das Ding auf, mit einem Strahl aus geladenen Teilchen, sie schneiden ein Prisma aus dem Stoff und lassen Licht auf das Prisma treffen, und weil die Maschen kleiner sind als die Wellenlänge des

Lichts, reagiert der Stoff wie ein kompakter Körper. Das Licht wird gebrochen: negativ. Wechselt seine Richtung. Die schaffen es heute schon bei Mikrowellen und bei Infrarotlicht, aber noch nicht beim Sonnenlicht. Ich dagegen hab es schon vor fünf Jahren beim Sonnenlicht geschafft.«

»Ich weiß nicht, worauf du hinauswillst.«

»Stell dir einen Stock vor, der im Wasser steckt: Das Wasser umfließt den Stock und trifft hinterm Stock wieder zusammen. Der Fluss fließt weiter, als würde es den Stock nicht geben. Genauso das Licht: Es trifft auf den Gegenstand, knickt ab, aber hinter dem Gegenstand, da fließt es weiter, als wäre nichts geschehen. Alles, was von diesem Metamaterial bedeckt wird, ist nicht zu sehen, ist unsichtbar, es gibt auch keinen schwarzen Fleck. Das Auge reagiert so, als wäre da nichts. Die Jungs aus Berkeley haben das zufällig rausgefunden, auch ich habe vieles zufällig rausgefunden. Was glaubst du, wie viel man in der Wissenschaft durch Zufälle rausfindet?«

»Du meinst, wenn man so ein Material herstellen könnte, wäre man in der Lage, Dinge verschwinden zu lassen?«

»Genau.«

»Und du willst sagen, dir ist es gelungen?«

»Ich hatte schon vor Jahren den Prototyp einer Kappe, es war für mich kein Problem, Dinge unter der Kappe zum Verschwinden zu bringen, aber ich wollte den ganzen Menschen verschwinden lassen, und ich muss sagen, dass mir ein deutscher Physiker half, mit seiner Veröffentlichung, ich brauchte einen letzten entscheidenden Hinweis, und das war Siliziumdampf. Das Material mit Silizium bedampfen.«

»Und dann?«

»Nuridstrahlung.«

»Was ist das?«

»Wird von der Kappe abgesondert. Deshalb stinkt das auch so, nach verbranntem Fleisch. Aber nur, wenn du sie aufsetzt. Hast du es nie klicken gehört?«

Simon schwieg. Auch wenn er nicht alles verstand, was Gregor ihm erzählte, so gab es doch einen Teil in ihm, der das, was Gregor sagte, verstehen wollte.

»Und wer finanziert das Ganze?«, fragte Simon. »Wer finanziert die Forschungen dieser Wissenschaftler?«

»*Raytheon Missile Systems.*«

»Rüstungsindustrie?«

»Was denkst du?«

»Und deine Forschungen?«

»Ich? Bin reich. Reich genug. Nur für das Nurid brauchte ich die Hilfe vom BND. Ich habe mich in Pullach mit denen getroffen. Pullach, kennst du doch, Sitz des BND. Ich musste ihnen teilweise meine Forschungen offenlegen. Sie wissen Bescheid. Sie sind sehr interessiert. Aus verständlichen Gründen. Terrorismus? Ausgerottet! Datenschutz? Lachhaft!«

»Und die vom BND sind jetzt hinter dir her?«

»Genau.«

»Nicht die Esoteriker?«

Gregor lachte. »Versteh doch«, sagte er. »Will man eine Tarnkappe herstellen, ist das Ziel nicht, jemanden leibhaftig verschwinden zu lassen, sondern das Ziel ist, die anderen Menschen zu täuschen, die Blicke der anderen, ihre Wahrnehmung. Das ist schon alles. Sichtbar ist nicht der Mensch, sichtbar ist das Licht. Die Streuung des Lichts. Prallt Licht auf einen Menschen, streut sich das Licht an der Oberfläche, und nur deshalb wird der Mensch sichtbar. Deshalb sehen wir ihn auch nicht, wenn es dunkel ist. Das ist die Kappe. Nicht mehr und nicht weniger. Der Körper verschwindet. Kleidung, alles, was unter ihr steckt. Verschwinden. Vor dem Blick der anderen. Glaubst du mir?«, fragte Gregor.

»Was ist mit den Wunden? Was ist mit den Schmerzen? Was ist mit den Gedanken unter der Kappe?«

»Alles Folgen der Unsichtbarkeit.«

»Und das Jucken? Wie eine Armee Flöhe auf der Kopfhaut? Und der Haarausfall?«

»Ein innerer Vorgang«, sagte Gregor, der langsam die Geduld verlor, er leierte die nächsten Sätze nur noch lieblos herunter, als müsse er sich keine Mühe mehr geben, die sinnlose Neugier seines Gesprächspartners mit grotesken Wissenschaftsmärchen zu stillen. »Der Schmerz wird nach außen sichtbar, der äußere Punkt des inneren Schmerzes, die Nervenenden, die Veränderung, die sich mit dem Träger der Kappe vollzieht. Wenn dich niemand mehr sieht, wer bist du dann?

Sichtbar gewordener Phantomschmerz, der Mensch ein Phantom, ohne den Blick der anderen, der Mensch ein Nichts, Niemand, Nirgends, er berauscht sich an seiner Macht, die Macht führt ins Leere, und der Schmerz des Alleinseins manifestiert sich im Schmerz, der sich einstellt, wenn die Kappe abgenommen wird.«

Simon schwieg. Merkte, wie er diese Geschichte unbedingt glauben wollte, da sie ihm einen halbwegs vernünftigen Schutzraum bot, in den er sich verkriechen konnte. Und er fragte nicht mehr weiter. Er wollte es so genau nicht wissen. Und das Silizium?, hätte er fragen können. Wenn es aufgebraucht ist? Und der Verschluss auf der Kopfhaut? Der Mechanismus? Und die Kappe selbst? Müsste sie nicht auch unsichtbar sein? Und was faselte Gregor von Nuridstrahlung? Gab es so was überhaupt? Simon hatte nie davon gehört und schloss die Augen.

Und dann das: ein einziger Gedanke. Die Kappe. Egal. Es interessierte ihn nicht mehr, woher sie kam. Er wollte es nicht mehr wissen. Ob Gregor ein verrückter Wissenschaftler war, wie in diesem Film, *A Beautiful Mind*, der in seiner paranoiden Schizophrenie geniale Erfindungen macht, aber einen hohen Preis zahlt: Verfolgungswahn, BND, Terroristen; oder ob es eine Welt jenseits des Sichtbaren gab, mystische Gegenstände und magische Erkenntnis, eine Kappe in Mexiko, der Heilige Gral der Unsichtbarkeit: All das war egal. Ob Gregor die Kappe in einem Labor hergestellt oder bei der

Pyramide von Calakmul dem Zwerg vom Kopf gerissen hatte: Das war ohne Bedeutung. Es hatte keinen Sinn, herauszufinden, woher die Kappe wirklich kam. Was würde es ihm bringen? Es war egal, was stimmte oder ob überhaupt was stimmte oder welche Möglichkeit der Wirklichkeit entsprach und ob es überhaupt so etwas gab wie die Wirklichkeit. Er hatte die Kappe gefunden. Es war etwas geschehen, das nicht hätte geschehen sollen, können, dürfen. Etwas Unvorstellbares. Es geschieht ständig etwas, das nicht geschehen soll, kann, darf. Angefangen mit dem Tod. Und wir suchen Erklärungen. Unser Denken ist von Geburt an kausalkettenverseucht. Wir sollten uns endlich abfinden. Mit dem, was geschieht. Eine Abfindung fürs Leben. Erklärungen sind die lächerlichsten Zwerge des Geistes. Nichts kann erklärt werden, höchstens beschrieben. Die Welt kann nicht erklärt werden, der Tod kann nicht erklärt werden, nicht das Leben. »Können deine Bücher mir sagen, was der Tod ist?«, fragt Alexis Sorbas in diesem Film mit der Musik von Mikis Theodorakis. »Nein?«, schreit er den Schriftsteller an. »Dann spuck ich auf deine Bücher!« Können mir deine Erklärungen sagen, was das Leben ist? Was die Welt? Der Sinn? Die Kappe? Nein? Dann spuck ich auf deine Erklärungen. Wichtig ist nur die Tatsache, *dass* etwas so ist, wie es ist. Das krankhafte Bemühen, uns immer neue Dinge auszudenken, um unser lächerliches Dasein zu belichten, ist nichts weiter als ein Deckel auf dem Topf der Angst, die überkocht, wenn Antwort fehlt. Das einzige, was jetzt noch zählt, ist die Kappe. Er, Simon, hat sie gefunden, in seinem Schrank. Basta. Und er wollte keinen Tag mehr ohne sie leben. Er würde alles tun, die Kappe zu verteidigen. Es war schlimm genug, dass er sie für so lange Zeit aus den Augen gelassen hatte. Er war fest entschlossen jetzt.

»Lass uns gehen«, sagte er.

Und Gregor nickte.

Das schnellste Tier der Welt ist die Mini-Spinne Speedy, schneller noch als ein Gepard in Relation zur Körpergröße, dachte Simon und hatte keine Ahnung, woher dieser Gedanke kam, doch er erinnerte sich daran, wie er vor Tagen auf einer Bank gesessen und auf dem Boden die Mini-Spinne Speedy gesehen hatte, wie er sie nannte, die in irrem Tempo den Weg von seinen Füßen zur nächsten Bank zurücklegte, und die Mini-Spinne Speedy war so klein, dass er sie nicht richtig hatte sehen können, er konnte nicht mal mit Sicherheit sagen, dass es sich überhaupt um eine Spinne handelte, er sah keine Beine, keinen Körper, er sah nur ein Körnchen, einen abstrakten Punkt, und dieser Punkt rannte einfach von ihm weg, aber vielleicht war es auch nur ein Fleck in seinem Gesichtsfeld, *mouches volantes*, die im Innern des Auges ab und zu auftauchen, eine Trübung des Glaskörpers, *mouches volantes*, fliegende Fliegen, eine Fliege, ja, Simon hatte eine Fliege getötet, vor zwei Tagen, eine Fruchtfliege, Drosophila, er stand am Waschbecken, im Badezimmer, als die Fliege auftauchte, aus dem Abfluss, eine winzige Fruchtfliege, die ihm nichts getan hatte, und Simon schnippte den Zeigefingernagel auf die Fliege, die sofort in ihr Innenleben gequetscht wurde, kaum geschlüpft, schon verloren.

23

Der Gang nach draußen hörte gar nicht mehr auf, und führt er überhaupt nach draußen oder immer nur tiefer ins Innere der Erde, was hat er vor, der Kerl? Doch dann die letzte Tür. Der Schacht nach oben. »Ich gehe als Erster!«, sagte Simon, und Gregor ließ ihm den Vortritt. Oben stieß Simon auf eine Luke aus Stahl, bog den Verschluss nach oben und stieg hinaus. Schwach im Licht des Monds: ein Wald. Immerhin wieder im Freien. Gregor folgte ihm, verschloss die Luke und bedeckte sie mit Laub. »Jetzt gehst du voran!«, sagte Simon, und Gregor nickte. Sie gelangten an einen abgelegenen Parkplatz, nur ein Auto stand dort, Gregor drückte den Schlüssel, Verriegelungsbolzen quakten auf, zugleich blitzten die Blinker, ein unauffälliger Golf, Simon setzte sich auf den Beifahrersitz und sah heimlich zu Gregor, ein Wahnsinniger, dachte er, Gregor, ein Mensch, eingeschlossen in seinem Labor, wie Carsten eingeschlossen in seinem Körper, wie ich selbst eingeschlossen war in meinem geregelten Leben, Zeitung falten, Zeitung lesen, Zeitung falten, und arbeiten, arbeiten, arbeiten, dann wieder Zeitung falten, Zeitung lesen, Zeitung falten, und Musik hören, Musik hören, Musik hören, und spazieren gehen, spazieren gehen, spazieren gehen, und Ziegel, Ziegel, Ziegel, warten, bis ein Ziegel fällt, und noch einer und noch einer, sie fallen vom Himmel, mit tönernen Leibern, die Ziegel regnen auf die Köpfe der Menschen, bis es keinen mehr gibt, den sie treffen können.

In die Nacht fuhren sie, Autobahn, nur einmal hielten sie kurz an einer Raststätte, sie kauften etwas zu essen und zu trinken und Simon zwei Päckchen Zigaretten, die LKWs räkelten sich und tuckerten grunzend auf die Einfädelspur. Gregor redete jetzt ununterbrochen. Wohl um zu verhindern, dass Simon weitere Fragen stellte. Das Sehen scheint uns als Sicherstes, die Wahrnehmung als Gegebenes, die Wirklichkeit als vom Augenapparat Begründetes. Ob es so etwas wie ein Urauge gegeben hat? Die Evolution hätte ansonsten das Auge etwa vierzig bis sechzig Mal neu hervorbringen müssen. Aber es ist schwer vorstellbar, dass ein einziges Urauge am Anfang gestanden haben soll für all die verschiedenen Augen, die es heute gibt: die Facettenaugen einer Fliege, die acht Augen der Tarantel, die Stielaugen der Kegelschnecke, die Teleskopaugen einiger Muscheln, Eulenaugen, Falkenaugen, Adleraugen, Lochaugen, Becheraugen, Grubenaugen, Linsenaugen, Haiaugen, Carstens leere Augen. Gregor schwankte zwischen einem sachlichen, analytischen Ton und kurzen, emotionalen Ausbrüchen, ereiferte sich plötzlich, als er vom Ursprung der Menschen sprach, Nachfahren von rattenähnlichen Säugern, die nur überlebten, weil sie eine Nische gesucht hatten, in unterirdischen Lebensräumen, lichtscheue Kreaturen, warmblütig, was dazu führte, dass sie im Gegensatz zu den Sauriern die Kälte überlebten, die sich ausbreitete, nach diesem Meteoriteneinschlag vor fünfundsechzig Millionen Jahren, der die Saurier hinwegraffte, unter der Erde krochen sie herum, die Ratten, die Vorfahren der Menschen, unter der Erde enden die Menschen auch heute noch, sagte Gregor, fraßen einst Wurzeln und Würmer und werden heute von Wurzeln und Würmern vertilgt und aufgesaugt, und weil sie unten hausten, brauchten die Rattenwesen keine Farbwahrnehmung, nahmen alles nur schwarzweiß wahr, hell, dunkel, Bewegung, erkannten weder Farben noch UV-Licht noch polarisierendes Licht. Nachdem die Saurier verschwunden waren, krochen die Rattensäuger aus den Höhlen und entwickelten sich zu höheren Lebewesen, zu Primaten, die Augen der Primaten bildeten einen neuen Zapfen aus, um das Drei-Farb-Sehen zu lernen, genetische Mutationen erlaubten es ihnen, Rot und Grün zu unterscheiden. Aber in Tausenden von Jahren ist es möglich, dass der Mensch einen vierten Zapfen ausbilden wird, der ihm erlaubt, die Welt in einem völlig anderen Licht zu sehen, vielleicht ist dann alles, was wir erkennen und wovon wir glauben, es entspräche der Wahrheit, in eine ganz andere Farbe getaucht, in eine ganz andere Form gehüllt. Vielleicht sehen wir dann Dinge, die wir jetzt nicht sehen. Die Falken! Sie sind in der Lage, mit der einen Sehgrube ihr Ziel zu fixieren und mit der anderen den Ort zu markieren und die Geschwindigkeit abzuschätzen. Sie sehen alles anders als wir. Sie verfügen über Rezeptoren für UV-Licht. Sie nehmen nicht die Mäuse wahr, die in den Gräsern rascheln, sondern den Mäuse-Urin. Sie folgen der Urinspur und warten, bis die Maus sich verrät. Aber wenn der Falke den Urin auf dem Boden sieht, und wenn Taube, Spinne und Käfer die Muster aus polarisiertem Licht sehen, wer sieht dann die Welt so, wie sie wirklich ist? Es ging nie darum, Lebewesen zu entwickeln, die so was wie Wahrheit wahrnehmen. Das war nie Absicht der Evolution, die Evolution hat nie eine Absicht gehabt. Es ging immer nur um Informationen, die man fürs Überleben braucht. Das Auge soll nur das auswählen, was wichtig ist. Die Wahrheit ist scheißegal. Die Wahrheit ist eine menschliche Kategorie, die vollkommen sinnlos ist. Die einzige Kategorie, die zählt, heißt Effektivität. »Die Wahrheit will auch keiner wissen, verstehst du, ich hab Politiker belauscht, ich hab Manager belauscht, ich hab Bankenbosse belauscht, ich hab gedacht, ich bringe den Menschen die Wahrheit, ich sage ihnen, was Sache ist, es ist alles viel schlimmer, als sich der zynischste Aktivist vorstellen kann, ich habe den Menschen gesagt, was hinter ihren Rücken geredet wird, aber keiner hat die Wahrheit hören wollen. Man kann eher die Rotation der Erde anhalten, als die ewige Rotation in den Köpfen der Menschen, Gedanken, die kleben bleiben wollen am Gewonnenen, am Liebgewonnenen, im Spinnennetz des Eigenen. Lieber blind als wissend. Lieber blinden Auges ins Verderben als sehenden Auges. Man kann ohnehin nichts mehr ändern. Es wird alles so kommen, wie es kommen wird. Das zeigte mir die Kappe. Sie hat mich, weiß nicht, wie ich das sagen soll, ich tat nichts mehr selber. Kennst du das? Ich weiß durchaus nicht, was ich *tue*! Ich weiß durchaus nicht, was ich *tun soll*! – Du hast recht, aber zweifle nicht daran: du *wirst getan*! In jedem Augenblick! Die Menschheit hat zu allen Zeiten das Aktivum und das Passivum verwechselt, es ist ihr ewiger grammatikalischer Schnitzer. Ich wurde getan, unter der Kappe, die Kappe tat mich, ich habe Dinge, zunächst Gedanken, das kam so über mich, du wirst es wissen, musst es gespürt haben, seit wann spürst du es, da sind die Stimmen, die rufen, die sprechen, die sagen einem, was zu tun ist, die lassen nicht mehr los. Der Schmerz. Von Tag zu Tag, ich wusste ja nicht, was ich dagegen … und da kam der Gedanke: Wenn ich die Kappe nicht mehr abziehe. Ich denke, wenn der Gedanke kommt, restlos zu verschwinden, ist es schon fast zu spät. Sei ehrlich«, sagte Gregor und wurde plötzlich lähmend ruhig. »Du hast mit dem Gedanken gespielt?«, fragte er. »Unter der Kappe zu verschwinden. Für immer?«

»Wie kommst du darauf?«, fragte Simon.

»Ich seh es dir an.«

»Ich hab oft dran gedacht. Aber ich hätte nie den Mut dazu. Ich …«

»Du bräuchtest keinen Mut dazu«, rief Gregor, »du müsstest den Verstand verloren haben!«

»Wieso?«

»Du existierst nur durch die Augen der anderen. Wenn niemand dich sieht, kannst du gar nicht wissen, dass es dich gibt. Du wirst das Gefühl für dich selbst verlieren, wirst dich fragen: Wer bin ich eigentlich? Bin ich überhaupt? Du wirst bald nicht mal mehr wissen, was das ist: ein Ich. Du wirst dich selbst vergessen. Du wirst aufhören zu existieren. Du wirst dich auflösen wie Salz im Wasser.«

»Die anderen können mich nicht sehen. Aber sie können mich hören, riechen, berühren. Das ist ein Unterschied. Mein Körper bleibt greifbar. Also …«

»Was denkst du, wie die Menschen reagieren, wenn sie von einem Wesen angerempelt oder angesprochen werden, das sie nicht sehen können? Das machst du zweimal, dreimal, dann lässt du es bleiben, dann willst du die Gesichter nicht mehr sehen, die sich zu Tode erschrecken. Jeder, mit dem du sprichst, schreit auf. Jeder, dem du die Hand auf die Schulter legst, rennt fort. Dann bist du allein, und wenn du allein bist, bist du niemand mehr.«

»Der Mensch kann aus sich selbst heraus existieren. Ohne die anderen. Und überhaupt: Erst dann hat er die Freiheit, sich selbst zu entdecken. Das, was er wirklich will.«

»Du bist immer angewiesen auf die anderen. Du kannst dich nicht ausklinken aus der Welt.«

»Und warum heißt es dann *Selbst*bewusstein?«

»Das kann nie entstehen ohne die anderen. Bewusstsein ist immer auf irgendwas gerichtet. Ohne Inhalt, ohne Ziel gäbe es kein Bewusstsein. Selbstbewusstsein entsteht nicht im Kopf des Einzelnen, sondern im Austausch mit anderen, ist nicht solipsistisch, sondern sozial.«

»Du scheinst lange drüber nachgedacht zu haben.«

»Bewusstsein. Im Lateinischen heißt das *Con*scientia. Das bedeutet *Mit*wissen. Und nicht *Allein*wissen.«

»Mitwissen mit den anderen?«

»Ja, und viel mehr. Man hat das *Mit* noch anders verstanden: Conscientia bedeutet nicht nur Bewusstsein, Selbstbewusstsein, sondern auch Gewissen. Das Wissen um das eigene Wissen und das Mitwissen um die eigene Schuld.«

Simon schwieg. Er sah auf die Tachonadel, die sich der 160 näherte. Gregor hatte das Gaspedal bis zum Anschlag gedrückt, und er fuhr genauso schnell wie er redete, nur nicht anhalten, nur nicht anhalten.

»Wo müssen wir eigentlich hin?«, fragte Gregor jetzt.

»Ich sag's dir.«

»Zu dir nach Hause?«

»Nein.«

»Wo hast du sie versteckt?«

»Hab Geduld.«

»Vertrauen klingt anders.«

»Wir müssen zur Liebknechtstraße 57.«

»Wer wohnt dort?«

»Ein Mädchen.«

»Ihr Name?«

»Miriam Hackethal.«

»Was ist mit ihr?«

»Sie ist unglücklich, aber weiß es nicht.«

»Du hast die Kappe dort versteckt?«

»Nicht direkt.«

»Sondern?«

»Sie wird einen Brief bekommen.«

»Du hast ihr die Kappe per Post geschickt?«

»Nicht die Kappe.«

»Sondern?«

»Einen Schlüssel.«

»Zu einem Schließfach?«

»Du sagst es.«

»Wo befindet sich das Schließfach?«

»In der Sparkasse«, log Simon.

Jemand muss endlich den Auftrag der Kappe annehmen: der Auserwählte, dachte Simon. Und dann fiel er in einen Dämmer. Und der Dämmer schickte ihm ein glühend scharfes Bild, das ihn zusammmenfahren ließ. Es war das Bild des apathischen Carsten Guhl, der vor sich hin vegetiert wie ein Wurzelstock und in seinem Vegetieren ganz plötzlich aufsteht, einmal nur aufsteht in seinem verschlafenen Leben, vor kurzem muss es gewesen sein, vor zwei Monaten, in Gregors Villa, da steht Carsten einfach auf, aber nur für ein paar Sekunden ist er wach und stellt sich neben das Bett, und Carstens Hände bohren sich wie die Grabeschaufeln eines blinden Maulwurfs ins Innere seiner selbst, er steckt die Mittelfinger in sein Nabelloch und gräbt die Hände in den Körper, ohne einen Tropfen Blut zu vergießen, und er zerrt aus seinen Eingeweiden die nach verwestem Fleisch pestende, wunderschöne Kappe, hält sie in Händen, tritt zu Gregor, der wie erstarrt alles mit angesehen hat, und Carsten stülpt Gregor die Kappe auf den Kopf und fällt zurück in Bett und Apathie und lässt sein Gegenüber allein, und dort steht er, Gregor, verschwindet und sagt: Ich kann mich nicht mehr sehen.

24

Sie hielten nicht direkt vorm Haus der Hackethal, sondern versetzt, gegenüber, sodass sie den Eingangsbereich im Blick hatten. Sie blieben sitzen. Verschnauften. Die Fahrt war gewesen wie ein einziger Marathonlauf. Obwohl der Motor sie getragen hatte und nicht ihre Füße, fühlten sich beide durchgeschwitzt, erledigt. Simon zündete eine Zigarette an, ließ das Fenster runtersurren, blies den Rauch hinaus. Jetzt hieß es: warten. Er schaute auf die Uhr: Viertel nach sieben. Auf dem Weg waren sie nur einmal in stockenden Verkehr geraten, um halb sieben, zu der Zeit, da die Berufspendler in ihre Autos stiegen.

»Wann kommt die Post?«, fragte Gregor.

»Weiß nicht.«

»Wann verlässt die Hackethal ihr Haus?«

»Halbe Stunde.«

»Was machen wir so lange?«

»Warten.«

Ab und an wehte ein Fetzen Qualm ins Auto, obwohl Simon seine Zigarette mit abgeknicktem Handgelenk ins Freie hielt. Schließlich schnipste er sie von sich, und der Stummel kullerte über den Gehweg, glimmte noch ein wenig und tat seine letzten Atemzüge, ehe das Kräuseln des Rauchs endgültig versiegte. Simon schloss die Augen. Versuchte sich abzulenken. Welcher Komponist, fragte er sich, war das gewesen, der gesagt hatte, gute Musik kündige schon zwei Sekunden vor dem Geschehen das Geschehen selbst an? Dimitri Tiomkin? Jetzt also ertönte in Simons Kopf ein Brummen, ein oder zwei Stunden, bevor er zuschlagen und mit dem Schlüssel fortrennen würde, zum Bahnhof. Doch dieses Brummen war keine Musik, es war nichts anderes als der Grundton C. Simon knabberte an den Fingernägeln und schaffte es nicht, sich abzulenken. Sooft er versuchte, die vorbeiziehenden Leute in eigene, innere Musik zu kleiden, ihren Bewegungen zu folgen, sich eine Melodie auszudenken, ein Thema für den Mann dort mit der Aktentasche, für den Anzugmenschen, für die Mutter (die Linke am Kinderwagen, die Rechte ums Fäustchen des Vierjährigen), für die alte Dame (die mit dem Krückstock den Bürgersteig bestochert), für das Absatzklöppeln der Frau im Minirock; wann immer Simon es versuchte, es gelang ihm nicht, das C war, seit er es zum ersten Mal gehört hatte, nicht wieder verstummt, höchstens übertönt worden vom Motor des Golfs, dieses C aber erstickte alle Musik, die aus Simon hätte kommen können, ich halt das nicht mehr aus, ich muss die Kappe aufziehen, und hoffentlich kommt der Postbote nicht um elf oder zwölf, hoffentlich liegt Hackethals Haus am Beginn seiner Route.

Miriam trug einen knielangen, beigen Rock und hatte das Haar wie immer zurückgebunden, sie stieg in ihren Renault, der auf dem Seitenstreifen parkte, warf einen Blick in den Rückspiegel, sah über die Schulter, fuhr an Gregors Auto vorbei, der nicht wusste, dass es Miriam Hackethal war, an der Ampel knatterte ihr Auspuff, sie wartete auf grün und bog ab.

»Das war sie«, sagte Simon.

»Wollen wir rein?«

»Wir warten auf den Briefträger.«

Was Simon nicht wusste: In Gregors Strumpf, tief unten, am Knöchel, steckte eine Pistole, nicht größer als eine Erbsenpistole, aber bestückt mit todesechten Patronen, sie steckte dort und wartete auf den richtigen Moment.

Um halb neun ging es los.

Gregor sah ihn als Erster.

»Da vorn!«, sagte er.

Der Briefträger erschien am Kopf der Straße, zog aus einem rumpelnden, gelben Karren Briefe und warf sie in die draußen angebrachten Kästen. Lagen die Kästen dagegen drinnen, im Eingangsbereich, so musste er klingeln und warten, bis jemand den Öffner betätigte, oder er kramte einen Schlüsselbund aus der Tasche, ehe er selber die schwere Haustür aufsperrte, für eine Minute im Innern des Hauses verschwand und den gelben Karren auf dem Bürgersteig stehen ließ. Man könnte hinlaufen und dem Karren den Brief entreißen, dachte

Simon. Aber Geduld. Nur nicht die Nerven verlieren. Das dauerte. Dann sprach der Kerl auch noch mit einem Mann in Hausmeisterkluft, der gerade ein Haus verließ, sie redeten, was reden die da? Noch vier Häuser entfernt, noch vier mickrige Häuser, und der Postbote stand dort und redete, mein Gott, jetzt lachte er auch noch, was gibt es da zu lachen? Sie reden vielleicht über die belanglosesten Dinge, während wir hier drinnen nicht aus noch ein wissen, endlich losstürmen wollen, sie reden vielleicht über ein Fußballspiel, über das Wetter, über Politik, über das Treffen ihres Kegelklubs. Zehn Minuten. Unermüdlich hatte Simon geraucht, die erste Packung war leer, lange würde er das nicht aushalten, er war kurz davor, die Nerven zu verlieren. Diese Filme, die das Geschehen unnötig hinauszögern, den Zuschauer quälen, bis die Spannung unerträglich wird, immer dasselbe Spiel: die Musik, die sich anwanzt und dem Zuschauer sagt, gleich finden sie die Leiche, aber anstatt sie zu finden, kommt erst das mühsame Durchsuchen der Wohnung, möglicherweise Schnitt, Rückblende, nichts als purer Sadismus des Regisseurs, *cut to the chase*, rief Simon innerlich, Schnitt zur Verfolgungsjagd, ich kann nicht mehr. Endlich, nach weiteren zehn Minuten, verabschiedete sich der Postbote vom Hausmeister und fand langsam zurück in die Arbeit, Haus Nummer 63, Haus Nummer 61, Haus Nummer 59, Haus Nummer 57, hier, schräg gegenüber. Simon erkannte den Umschlag sofort. Jetzt war auch der letzte Zweifel getilgt, dass es heute geschehen würde, die Entscheidung nicht mehr fern. Der Postbote klingelte. Niemand öffnete.

»Verdammt!«, flüsterte Gregor. »Wir hätten reingehen sollen.«

»Ich hab nicht gewusst ...«

»Ich hab doch gesagt, wir sollten reingehen.«

»Woher soll ich wissen, dass er keinen Schlüssel hat?«

Der Postbote klingelte noch mal. Wenn keiner ihm öffnete, würde er die Briefe wieder einstecken. Ein drittes Klingeln.

»Gib mir den Schlüssel!«, sagte Gregor.

»Was?«

»Ich lauf hin.«

»Wart noch.«

»Wenn er nicht reinkommt, nimmt er den Brief wieder mit.«

In diesem Augenblick ertönte das Summen des Türöffners. Der Postbote rief sein *Die Post! Danke!* in die Sprechanlage und schob sich durch die Tür. Der Wagen blieb draußen. Simon und Gregor warteten. Eine Minute. Der Postbote kehrte zurück und setzte seinen Weg fort, der Brief lag jetzt in Miriams Kasten, Gregor und Simon stiegen aus, öffneten die Haustür, Simon ging vor, einmal um die Ecke, da hingen sie, die Briefkästen. Simon sah den Zipfel des Umschlags, konnte nicht an sich halten, er brauchte nicht mal den Schlüssel, sondern zupfte den Umschlag einfach heraus. Währenddessen machte Gregor in seinem Rücken eine zügige Bückbewegung, zog die Pistole aus dem Strumpf, jedoch genau in dem Augenblick, als die Zwischentür aufsprang und ein Nachbar erschien, mit zwei Mülltüten. Alle erstarrten drei Sekunden lang in ihren Positionen. Gregor verlor den Überblick, und Simon kam als Erster zu sich, sah die Waffe und schlug sie Gregor mit dem Luftpolsterbrief aus der Hand. Die Pistole schepperte zwei Meter weiter auf den Boden. Simon lief hin, hob sie auf und richtete sie auf Gregor. Dem Nachbarn fielen die Tüten aus der Hand, heraus quollen Essensreste, Kaffeefilter, Plastik, Papier. Gregor einfach über den Haufen schießen. Jetzt. Sofort. Dann ist es vorbei. Dann hab ich Ruhe. Kann gelassen zum Bahnhof schlendern und die Kappe holen. Abknallen. Jetzt. Hier. Vor den Augen des Nachbarn. Und dann los. Simon zögerte. Er tat es nicht. Der Nachbar war verschwunden, er würde in seine Wohnung eilen und die Polizei verständigen. »Wenn du nur einen Schritt machst, knall ich dich ab!«, sagte Simon, ließ Gregor stehen, rannte raus, drehte sich nicht um, wollte nur noch zur Kappe, lief Richtung Bahnhof, links neben ihm ein Müllauto, das Röhren, im Vorbeilaufen warf Simon die Pistole in den Schlund, sie wurde verspeist, der Wagen rülpste, die Müllmänner riefen *He!*, doch Simon rannte weiter, sein Atem überholte ihn, er lief hinter seinem eigenen Atem her, riss im Laufen den Luftpolsterumschlag auf, nahm den Schlüssel heraus, warf den Umschlag weg, klemmte den Schlüssel so fest in die Rechte, dass er ihn gar nicht mehr spürte vor Schmerz, und um nachzuschauen, ob der Schlüssel überhaupt noch da war, öffnete er die Hand, und der Schlüssel klirrte auf den Bürgersteig. Simon blieb stehen. Drehte sich um. Keuchte. Bückte sich. Hob ihn auf, den Schlüssel. Den einzigen, den wichtigsten Schlüssel seines Lebens. Als er sich aufrichtete, sah er Gregor. Dort hinten lief er. Zweihundert Meter. Hechelte. Hätte ich ihn doch. Abgeknallt. Gregors Faust in der Luft. Simon rannte weiter. Nur noch ein kurzes Stück. Er ignorierte den Schmerz im Knie. Dafür juckte es ihn am Kopf, er kratzte sich im Laufen mit der Linken, riss Haare ab und streute sie auf den Weg, als wären sie ein unüberwindliches Hindernis, weiter, Grundton C im Ohr, die Eingangstür des Bahnhofs, endlich, sie stampfte auseinander, Simon lief nach links, und wenn er ruhig bliebe, würde er den Vorsprung nutzen können, er brauchte nur ein paar Sekunden zum Aufschließen. Simon nahm den Schlüssel zwischen Daumen und Zeigefinger, schaffte es aber nicht beim ersten, nicht beim zweiten, erst beim dritten Mal schlitzte sich der Schlüssel hinein und drehte sich, die Tür federte auf und Simon zog mit einem Schrei der Freude die Tüte heraus. Er schlug die Tür zu und sah sofort Gregors Fratze. Statt Tür jetzt Fratze. Der sprang ihn an, der Kerl, ein Tigersatz, warf Simon zu Boden, die Tüte fiel, sie rangen. Simon bündelte seine Kraft, legte alles in diesen einen wuchtigen Stoß hinein, schleuderte Gregor von sich, rappelte sich auf, griff zur Tüte. Jetzt weg hier. Simon rannte Richtung Toiletten, hechtete über die Eingangsschranke, stürzte in den Toilettenraum, Gregor im Nacken, Simon öffnete die Tür zur Kabine, knallte sie hinter sich zu, schloss ab, hörte das Trommeln, Schreie, Gregors lautes *Nein*. Simon atmete durch, trank Ruhe, jetzt, wo er die Kappe aus der Tüte nahm und betastete, jetzt, wo sich Tränen in seinen Augen sammelten, endlich bin ich da, angekommen, zu Hause. Simon setzte die Kappe auf. Das Licht zerbrach um seinen Körper, die Fasern zerfielen, das Fleisch löschte sich aus, und er konnte sich nicht mehr sehen. Er hatte gewonnen, lehnte sich zurück, Gregors Trommeln hatte nachgelassen. Wo steckte der Kerl? Simon schaute nach oben und sah Gregor, der seinen Körper über die Kante der Kabine hievte und zu ihm hineinfiel. Auf ihn hinabregnete. Ins Leere schlug. Simon packte Gregors Hals. Schnürte ihm die Luft ab. Die Kappe schickte Ausdauer und Kraft. Wer sie trägt, will sie nicht verlieren und kann seine Anstrengung verdoppeln. Gregor wehrte sich. Aber sein Körper erschlaffte langsam. Seine Augen schmolzen. Starrten ins Nichts. Flehten, baten: Tu's nicht. Aber Simon hörte nicht auf zu würgen, auch nicht, als Gregor seine Fingernägel in einem Anfall letzter Todespanik in Simons Wangen grub, auch nicht, als er Gregors platzende Augen sah, die blau anlaufende Haut, auch nicht, als er Gregor aushebelte und von den Füßen hob. Der Todgeweihte zappelte noch einmal, dann regte er sich nicht mehr. Aber Simon hörte immer noch nicht auf zu würgen, auch nicht, als Gregor schon längst das Atmen eingestellt hatte. Er hatte es getan, es war nicht so schwer gewesen, und die E-Gitarre in seinem Kopf ebbte ab, nur noch die leiser werdende Mundharmonika. Endlich ließ er Gregor zu Boden gleiten und spürte kurz eine Art Trauerkrampf. Jetzt könnte es still werden. Aber es wurde nicht still. Draußen trommelte jemand. *Aufmachen!* Simon gähnte. Er musste sich in Sicherheit bringen. Tritte, Stimmen, Schläge, *Kommen Sie raus!* Simon stemmte sich hoch, mit dem Rücken an die eine Seite der Wand, mit den Schuhsohlen an die andere, er wuchtete sich nach oben, kletterte in die nächste Kabine und von der nächsten in die übernächste, lautlos. Simon ließ sich nach draußen gleiten, stellte sich in die Ecke des Toilettenraums, beim hintersten Waschbecken. Ein zweiter Polizist öffnete die übrigen Kabinentüren. Fehlanzeige. In aller Ruhe stand Simon dort und hätte sich am liebsten eine Zigarette angezündet, wenn das möglich gewesen wäre. Die verriegelte Kabinentür wurde endlich eingetreten. Dort lag Gregor. Neben ihm eine leere Tüte. Vom Mörder keine Spur. Ein Polizist fühlte Gregors Puls, der andere rief einen Krankenwagen. Man zerrte Gregor heraus. Der lebte nicht mehr. Reanimierungshampelei. Quetschen, Beatmen. Ohne Sinn. Dem Polizisten rutschte das Hemd hoch. Simon sah den Saum seiner Unterhose.

»Calvin Klein!«, sagte Simon laut in den Raum.
Der Polizist drehte sich zu seinem Kollegen um.
»Was?«, fragt er.
Und sein Kollege: »Ich hab nichts gesagt.«

25

Simon ging nach Hause, aber seine Gedanken blieben noch eine Weile am Bahnhof, bei Gregor, bei den Videokameras, die dort überall installiert waren. Man hat alles gefilmt, den Kampf an den Schließfächern, die Flucht in die Toilette, man hat sein Gesicht auf Video, der Bahnhof wird überwacht, man wird herausfinden, wer der Mörder ist, von jetzt an Gejagter. Zu Hause trat er vor den Spiegel im Bad und riss die Kappe vom Kopf, schrie laut und lange und sackte auf die Knie. Ohne Kappe wucherte etwas in ihm: Gedanken, Gewissen, Traurigkeit, Freude, alles verschwamm, die Gefühle für sich und die Welt klumpten zusammen. Er ging ins Bad und verarztete seine Wunden. Nur noch ein paar Büschel Haare auf dem Kopf, magere Schilfinseln. In der Küche trank er etwas, fraß das Leben wieder in sich hinein, steckte sich das Atmen als Butterbrot zwischen die Zähne. Blickte auf seine Mörderhände, das war nicht möglich, das war etwas, was nicht hatte geschehen dürfen, nicht Simon Bloch, dem unauffälligsten Menschen, der jeden Morgen seine Zeitung zusammenfaltete und zur Arbeit fuhr, wie Millionen andere auch. Er kaute mechanisch. Was sollte er tun? Wo sollte er hin?

Die Kappe war sein einziger Zufluchtsort. Ohne Kappe war er verloren. Mehr noch: Ohne Kappe wäre er längst überführt worden und säße hinter Gittern. Er hob sie auf und sah sie an. In ihrem Innern klebte ein Gemisch aus Blut und Haaren. Er entfernte alles vorsichtig und säuberte sie. Sanfte Rupf- und Putzbewegungen. Die Kappe schien zu schnurren wie eine Katze. Simon fiel in ein Loch der Müdigkeit, merkte, wie schwach er war, suchte noch einmal das Badezimmer auf und erleichterte sich, küsste die Kappe, setzte sie auf, er verschwand und mit ihm die Schmerzen, Simon legte sich aufs Bett, schloss die Augen und schlief sofort ein. Wieder raste der Schlaf wie ein Zug durch seinen Geist. Diesmal schickte die Kappe ihm einen Traum. Eigentlich war es nichts weiter als eine Stimme von irgendwoher, die langsam zu ihm sprach: Du musst dich vorsehen. Man weiß, was du getan hast. Man wird dich verfolgen. Du musst auf der Hut sein. Es gibt niemanden mehr, dem du trauen kannst. Du bist ganz allein von jetzt an. Denk an Pan Tau: die letzten Einstellungen des letzten *Pan-Tau*-Films. Die Menschen, die Pan Tau verfolgten und seine Melone an sich reißen wollten, diese Melone, die alles herbeizaubert, was man begehrt, und mit der man sich selbst in eine kleine Puppe verwandeln kann. Weißt du noch, wie du geweint hast? Als Pan Tau vor den Verfolgern flüchtete? Als ihm auf dem Flugplatz die Melone vom Kopf geweht wurde? Als die Menschen der Melone hinterherrannten? Als Pan Tau mitansehen musste, wie alles, was ihn zu diesem besonderen, sprachlosen Mann machte, von den Menschen gepackt und zerfetzt wurde? Willst du, dass dies mit deiner Kappe geschieht? Denk an Pan Taus Gelassenheit: Wie er sich, als alles vorbei war, zur Kamera drehte, lächelte, mit den Schultern zuckte, ein letztes Mal blinzelte, und aufrecht, stolz wie immer, mit dem vor seinen Beinen wirbelnden Schirm und in seiner Nadelstreifenhose den Flugplatz verließ? Könntest du das? Ohne Kappe? Nein. Wenn man dir die Kappe nimmt, wirst du zugrunde gehen.

Es klingelte. Simon wachte auf, er hatte Klamotten und Schuhe noch an, war vorbereitet auf das, was geschehen würde. Hörte Schläge an der Tür, Tritte, uniformierte Männer brachen sich den Weg zu ihm hinein, mit vorgehaltener Pistole, jetzt erst sah Simon zur Uhr, es war sieben, der Morgen warf Sonne ins Zimmer, er hatte rund zwanzig Stunden geschlafen. Fühlte sich wach, gut, kräftig, der Kappenschlaf hatte ihn gestärkt. Simon schlich an den Männern vorbei, die ihre Pistolen gesenkt hatten. Im Treppenhaus befand sich niemand. Und jetzt? Er musste irgendwohin. Zu Frau Kubelik? Das war das Einfachste. Er kramte den Schlüssel aus der Tasche, stahl sich hinein, legte von innen sein Ohr ans Türblatt, so würde er die Polizisten hören können, wenn sie im Treppenhaus noch was sagten.

Doch da zwickte ihn etwas. Zunächst in der Nase. Das war ein unangenehmes, stechendes Zwicken, er konnte es nicht zuordnen. Dann zwickte es im Ohr, er hörte ein müdes Knirschen, wie von einer Kuh, die büschelweise Gras rupft und zwischen den Zähnen zermalmt. Simon ging durch den Flur in die Küche, und tot saß sie dort, Waltraud Kubelik, Simon sah es sofort, ihr Kopf auf den ausgebreiteten Unterarmen, ein umgekipptes Glas, eine Pfütze auf dem Tisch, zu wenig Flüssigkeit für ein Rinnsal Richtung Küchenboden. Aussetzer, hatte Gregor gesagt, hast du schon diese Aussetzer gehabt? Hast du schon mal jemanden töten wollen? Unter der Kappe? Simon wusste sofort, was geschehen war. Er hatte das Gift nicht in die Flasche geschüttet, sondern ins Glas. Er hatte nur *gedacht*, er hätte das Gift in die Flasche geschüttet. Er war noch einmal in Frau Kubeliks Wohnung gerannt und hatte das Wasser aus der Flasche in den Ausguss gekippt, das Glas aber stehen lassen; das Glas mit dem Gift. Frau Kubelik hatte sich an den Küchentisch gesetzt und das Glas und ihr Leben ausgetrunken. Wär ich mal tot und begraben. Simon strich über die Kappe. Er bereute nichts. Nicht er war es gewesen, die Kappe war es gewesen. Nicht er war verantwortlich für sein Tun, die Kappe war es. Sie wird schon wissen, was sie will, die Kappe. Ich überlasse mich ihr. Ich folge ihr. Ich hab den Wunsch der Alten erfüllt. Die Kappe hat ihn erfüllt. Zwei Tote an einem Tag. Mit feuchtem Finger tupfte Simon den letzten Gewissenskrümel auf: Es waren keine Morde, es war Notwehr im einen und Sterbehilfe im anderen Fall, ich hab, wir haben getan, was nötig war, ich hab mir nichts, wir haben uns nichts vorzuwerfen.

Simon wandte sich der Leiche zu. Das Knistern stammte vom endlosen Weiden der Bakterienherden: Sie krochen aus den Schlupfwinkeln ihrer selbst, machten sich her über den Körper, und Simon spürte, wie die Bakterien sich auf und in und über Waltraud Kubeliks Körper fortbewegten, Simon sah die Myriaden von unsichtbaren Monstern pausbackig fressend und Frau Kubelik zersetzend förmlich vor sich, wie sie sich durch ihren ausgemergelten Körper hangelten, wie sie ihre Geißeln Nanometer um Nanometer nach vorn warfen, sie zogen sich weiter, Stückchen für Stückchen, nimmermüde, nimmersatt, nur mit dem einen Wunsch der restlosen Vernichtung. Vermehrten sich, nicht nur durch einfache Zellteilung, sondern auch durch Nebeneinanderliegen und Ineinanderschlüpfen, manche hatten regelrecht Sex, eine nach der anderen kroch aus einer nach der anderen, und kaum waren sie geschlüpft, beteiligten sie sich am Zersetzungsprozess, taten absolut nichts anderes als Vermehren und Zersetzen, Erschaffen und Vernichten, Leben und Tod, das war alles, woran sie dachten, Zeit ihres kümmerlichen Bakteriendaseins, wenn sie denn überhaupt denken konnten. Simon schleppte Frau Kubelik in ihr Bett und deckte sie zu. Sie sah anders aus als sonst. Das ist der fehlende Atem, dachte Simon. Er hob ihre Hände hoch und ließ sie los, sie fielen aufs Bett. Simon ging zur Wohnungstür und stieß sie auf. Draußen stand ein Zivilbeamter. Der fuhr herum. Als er niemanden sah, der die Tür geöffnet hatte, holte er einen Kollegen, und gemeinsam betraten sie Frau Kubliks Wohnung. Kurze Zeit später erschienen ein Arzt und zwei schwarz gekleidete Männer, die Frau Kubeliks Körper in einen Zinksarg packten. Simon dachte: Ich lass Sie nicht allein, Frau Kubelik, ich fahr mit, ich will wissen, was sie mit Ihnen machen, will dabei sein, wenn ein Körper zum letzten Mal gebettet wird, das will ich für Sie tun, Frau Kubelik, das letzte Geleit. Als die Männer den Sarg einluden, schob sich Simon auf den Rücksitz ihres Wagens; und als er sie am Zielort mit dem Ausladen des Sargs beschäftigt glaubte, stieg er aus.

»Hast du das gesehen?«, fragte einer von ihnen.

»Was denn?«

»Die Tür ist auf- und zugegangen.«

»Du spinnst.«

»Wenn ich's dir sage.«

»Komm, hör auf damit.«

»Das war ihre Seele«, sagte der Erste.

Und der Zweite schwieg.

Waltraud Kubeliks Körper wurde von Kopf bis Fuß gewaschen, mit keimtötender Lösung, ein regelrechter Germizid, zu riechen nur noch Formaldehyd. Man wickelte sie in Plastik ein, wohl für den Fall, dass noch Sekrete austreten könnten. Aber Frau Kubelik konnte kein Todeszeichen mehr von sich geben, Blase und Darm bereits entleert. Sie wurde trocken gerubbelt und mit einem Tuch bedeckt, das zu dünn war, um die Kälte im Kühlraum zu lindern. Ihre Haare waren aufgelöst, die Augen immer noch offen. Jetzt wusste Simon also, weshalb man von Todesstarre sprach, das kam daher, dass der Tote nicht mehr aufhören konnte zu starren. Frau Kubeliks Mund wurde von innen zugenäht, ihre Körperöffnungen mit eingeweichten Wattebällchen verstopft, die Augen endlich geschlossen und mit einer Augenklappe in die richtige Position gebracht. Man bemalte jetzt die sichtbaren Stellen ihres Körpers mit Farbe, pinselte Hände und Hals und Füße und Gesicht fleischfarben und hauchte den Wangen keuschrosa Leben ein, warf ihr ein Totenhemd über und brachte sie in die Totenhalle. Die Augenklappe wurde abgenommen. Dann war sie allein. Frau Kubelik. Sie haben's beinah geschafft. Tot ja; begraben bald.

26

Simon machte sich auf den Weg. Es war Nacht draußen. Die Luft tat ihm gut. Zu lange Verwesung geschnuppert. Zu lange den unsichtbaren Kot der Bakterien. Sie sind ebenso unsichtbar wie ich, dachte er. Sie lösen auf, zersetzen, vernichten. Die Nacht war warm, Simon hatte Lust, sich auszuziehen und nackt durch die Straßen zu laufen. Tat es nicht, sondern rieb sich Kühle in den Kopf. Nur langsam, nur ruhig, nur eins nach dem anderen. Ein Betrunkener näherte sich, torkelte und kam direkt auf Simon zu. Simon stellte ihm ein Bein, der Mann taumelte zu Boden, blieb kurz liegen, raffte sich auf, schüttelte den Kopf, lachte, torkelte weiter. Bald erreichte Simon die Wohnung Miriam Hackethals. Im Schlafzimmer lag sie, nackt, auf dem Rücken, Beine gespreizt. Durchs offene Fenster drang entferntes Mondlicht. Simon sah alles undeutlich, aber er roch die Wölbung ihres Geschlechts und die glatt rasierten Beine, er roch die leicht zur Seite gekippten Brüste und die Haare, die ihr in der Stirn hingen. Er zog sich aus, warf ein Kleidungsstück nach dem anderen ab und kickte die Klamotten, die beim Abstreifen sichtbar wurden, unters Bett. Er stand nackt dort, fühlte sich unantastbar, ganz langsam näherte sich seine Nase Miriams Körper, schnupperte an ihren Zehen, Waden, Schenkeln. Miriam drehte im Schlaf ihren Kopf auf die Seite. Knie, schwarzer Schatten, Nabel, Brustwarzen, Hals, Lippen, auf die er blies, Miriams Hand zuckte und fiel zurück aufs Bett. Ihr Atem, den er einsog. Alles in ihm gierte danach, Miriam zu berühren. Sein Kopf glitt wieder zwischen die Schenkel, ein leiser Wind, der durch die Härchen strich und sie leicht kräuselte. Simons Zunge tupfte sacht, er wurde mutiger und öffnete mit seiner Zunge den Spalt, der so dicht vor ihm lag, während Miriams Körper sich leicht regte, immer noch unter der Schlafmaske, Simon presste seine Lippen auf die Scham der Schlafenden und verlor das Gefühl für das Maß, bis ein Schrei ihn zu sich kommen ließ, ihr Schrei. Miriam berührte mit der Handfläche die Kappe. Kurz nur. Simon zuckte zurück, Miriam tastete nach dem Lichtschalter, starrte ins Helle, fuhr sich über die Stirn, stand auf, ging ums Bett, sah auf die Stelle, an der sie gelegen hatte, ein Abdruck, als läge eine zweite Miriam immer noch dort. Simon war nur noch Tier, das in der Ecke des Schlafzimmers kauerte, maßlos erregtes Tier, das nicht wusste, wohin mit sich und seiner Erregung, er beobachtete Miriam mit Augen, die alles verspeisten, den Körper, nackt, frisch erschaffen aus der Gottesfabrik, fertig zum Verzehr. Miriam setzte sich auf die Kante des Betts, legte eine Hand zwischen die Beine, verrieb Feuchte zwischen Daumen und Zeigefinger, hielt sich die Finger vor die Nase und schnüffelte, stand auf, verließ das Schlafzimmer und kam mit einem Glas Wasser zurück. Sie stellte sich vors offene Fenster. Simon sah Schweiß auf ihrem Rücken. Er hätte sich gern auf sie gestürzt, aber er tat es nicht. Miriam hätte das nicht überlebt. Nicht den Sturz des unsichtbaren Tiers in ihren Rücken, nicht die unsichtbaren Pranken, die sie aufs Bett drückten und sich in ihre Kehle gruben, nicht den unsichtbaren Stab, der ihr Geschlecht zerriss. Miriam legte sich wieder hin. Sie ließ das Licht an. Irgendwann, nach einer Stunde etwa, schien sie einzuschlafen. Doch schon ein paar Minuten später schreckte sie wieder hoch. Sie stand auf, setzte sich in die Küche und ging nicht mehr ins Bett. Um fünf Uhr schloss sie sich im Bad ein. Sie kam heraus um sechs. Machte Kaffee, aß zwei Brote, nahm ihre Tasche und verließ das Haus. Zu früh. Sie würde eine Weile einfach so herumfahren müssen, ehe sie bei der Arbeit auftauchen konnte.

Simon erkannte sich nicht wieder. Da war etwas Fremdes zwischen seinen Schläfen. Er hörte nicht mehr auf, sich zu befriedigen, befriedigte sich so oft, bis es ihm schließlich weh tat. Die Schmerzen wie eine Buße. Er befriedigte sich, bis er nicht mehr konnte und sich vor Erschöpfung hinsetzen musste. Es verschaffte ihm keine Lust. Er hasste in diesem Augenblick seinen Körper und hatte zum ersten Mal den Gedanken: Wenn ich ihn abstreifen könnte! Ich kann ihn nicht mehr sehen, den Körper, aber ich kann ihn fühlen. Die anderen können ihn nicht mehr sehen, aber sie können ihn fühlen. Den unsichtbaren Körper unantastbar machen! Den unsichtbaren Körper wie einen Mantel ausziehen! Endgültig. Nicht mehr unterworfen den schäbigen Bedürfnissen. Ihn ausmerzen. Ihn hinter mich bringen. Ihn überwinden. Den Hunger. Den Durst. Den Trieb. Die Ausscheidungstortur. Was bringt er uns, der Körper? Er ist von Anfang an verlobt mit dem Ende und zieht den Tod hinter sich her wie eine Schleppe. Und Miriam? Nein, Simon würde sie fortan in Ruhe lassen. Nicht mehr zu ihr ins Bett kriechen. Wonach er sich sehnte, das war ein Mensch wie er selbst. Ein Seinesgleichen. Ein unsichtbarer Mensch, dachte Simon und fragte in die Stille des Raums: »Anna? Bist du hier?« Natürlich war sie hier, immer war sie dort, wo er sich gerade befand, unter ihrer ureigenen Kappe. Simon breitete seine Hände aus, wollte Anna einfangen, lief durch die Wohnung, aber seine Hände griffen ins Leere. Wenn ich dich nicht berühren kann, bist du nicht da.

Als Simon die Kappe an diesem Morgen abnahm, war der Schmerz kaum noch zu ertragen. Simon fragte sich, ob er, wenn es irgendwann darauf ankäme – bald, bald, bald, – stark genug wäre, die Kappe für immer aufzubehalten oder ob er sie würde abgeben müssen, einem anderen bringen, so, wie Gregor die Kappe ihm gebracht hatte. Bald wären alle Haare ausgerupft, die Wunden würden seinen Kopf zerreißen und Blut ihm ins Hirn sickern. Doch Simon hatte keinesfalls Angst vor diesem Tag, im Gegenteil, er wollte die Entscheidung herbeiführen, und dazu klammerte er sich an einen Teil seines Wesens, der längst verschüttet schien, aber noch einmal in ihm erwachte: sein unbändiger Sinn für Struktur und Routine. In den nächsten Tagen lief alles ab nach identischem Muster. Das tat ihm gut, obwohl er wusste, es ist das letzte Zucken vor dem Tag, der über Leben und Tod, über Sehen und Gesehenwerden, über Kappe oder Nichtkappe entschied.

Jeden Morgen, nachdem Miriam Hackethal ihre Wohnung verlassen hatte, nahm Simon die Kappe ab. Er brauchte immer länger, um die Schmerzen zu betäuben und die Wunden zu verarzten. Er aß eine Kleinigkeit, von Tag zu Tag ein bisschen weniger. Er trank etwas, setzte sich zwei Stunden lang in Miriams Sessel und tat nichts. Anschließend stopfte er die Kappe unters Hemd, verließ das Haus und gesellte sich unter die Menschen. Als sichtbarer Mensch unter Sichtbare. Er wollte noch einmal teilhaben am Leben und an alldem, was ihm bis vor wenigen Wochen als Welt und Wirklichkeit gegolten hatte. All das sichtbar spüren und sehen und riechen und hören, was alle anderen sichtbar spürten und sahen und rochen und hörten. Genau wissen, worauf er verzichtete, wenn er sich für die Kappe entscheiden würde. Noch einmal den Zuckerschweiß des Lebens atmen. Er beobachtete die Leute, offen, ohne Scheu. Hatte keine Angst davor, dass man ihn erkennen könnte: Sein Gesicht war verzerrt, er trug Sonnenbrille und Strohhut und unterm Strohhut ein Kopftuch mit schmerzstillender Salbe.

Die ersten Vormittage ohne Kappe beobachtete er Lachen, Lebensfreude, Zufriedenheit, Glück, Sinn, Liebe, ging hinter den Sich-Nahen her, hinterging sie, Hand in Hand, eine Klammer, die Finger wie die Glieder einer Kette, die ineinandergreifen, Arm in Arm, ein Arm auf der Schulter des einen, ein Arm im Kreuz des anderen. Sie schlendern, sie fühlen sich gut. Diese Tiere, die übereinander herfallen und sich reiben und danach, wenn alles zu Ende ist, so furchtbar traurig schauen, *post coitum omne animal triste*. Lachen fällt aus ihren Mündern auf den Boden, liegt dort, zerbrochen, Nachgeschmack des Lachens, fader Mundgeruch. Gäbe es nur nicht diese verdammten Wiederholungen, Krebsgeschwüre des Lebens, gäbe es nur keine Tage, Monate, Jahre, gäbe es nur nicht dieses Uhr-Ticken, das jeden Augenblick in ein berechenbares Raster presst und verhindert, dass er aus dem Rahmen fallen könnte. Man müsste den Lauf der Planeten anhalten, die Tag- und Nachtschichten der Sonne abschaffen, alles ausradieren, die Natur neu erfinden: Die Sonne macht einfach, was sie will, erscheint mal kürzer, mal länger, räkelt sich in fieser Faulheit oder haut einfach mal auf unbestimmte Zeit ab, und man weiß nie, wann sie wiederkommt oder ob sie überhaupt wiederkommt, man ringt bei jedem Verschwinden der Sonne die Hände, bettelt um neues Erscheinen, und jedes neue Erscheinen ist Fest. Kein

Aufstehen-Müssen, kein missmutiges Kopfschütteln, kein Wecker-an-die-Wand-Ballern, kein Zeitungsfalten, keine Straßenbahnfahrt, kein endloses Sich-Beschweren, kein eintöniges Die-Leute-Beobachten, nein, ein Freudensprung, ein Sonnensprung, sie ist da, die Sonne, sie ist gekommen, bleckt ihre Zähne. Nichts wissen. Immer neu das Sehen erlernen. Immer neu das Leben ersehnen. Die Sonne in *random*-Funktion, auf Zufall programmiert. Doch stattdessen zappelt man im schwarzen Teer der Gewohnheit, klebt fest, sieht immer nur das, was man immer nur sieht. Das Leben lebenswert? Amen, ich sage euch, der Tod ist todeswert. Und bei jedem Schmerz probiert der Tod schon mal unsere Körper an. Die Menschen taugen nicht fürs Überleben, sondern fürs Untergehn. Fürs früher oder später Untergehn. Sind keine Rattensäuger mehr, nur ekelhafte Rattenmenschen, denkende, zitternde Kreaturen. Und ich? Nur wenn ich's schaffe, der Feigheit die Stirn und der Kappe den Kopf zu bieten, nur dann werde ich anders sein als ihr.

27

Nachdem er den Tag unter den Rattenmenschen verbracht hatte, setzte sich Simon gegen acht Uhr in Miriams Auto. Auf die Rückbank. Das schien ein Ritual ihres Lebens zu sein: Jeden Abend, zwischen halb neun und neun, fuhr sie los. Sieben Tage das gleiche Spiel: Simon wartete im Auto. Er war das Warten gewohnt inzwischen. Er hatte nichts mehr zu tun. Sein Leben glich einer Soße, die reduziert wurde, aufs Wesentliche. Gedankenstecker gezogen: Sekunden der Denkstille. Dort, in Miriams Wagen. Sie fuhr jeden Tag dieselbe Strecke. Wie Anna und er immer denselben Weg gegangen waren, jetzt die Hackethal: immer zunächst über den Zubringer aus der Stadt, auf die Landstraße, durch zwei Dörfer, dann die Bundesstraße, geradeaus, immer den Blick nach vorn, nur einmal, an der Stelle, wo ein Schotterweg abbiegt, wanderte ihr Blick nach rechts, aus dem Seitenfenster. Ihr Nacken, ihr ärmelloses Shirt, die aus der Haut kriechenden Achselhärchen, wenn sie keine Lust gehabt hatte, sich zu rasieren, ihr Duft, weder zu süßlich noch zu dick aufgetragen, ein Gemisch aus Kokos und Vanille, ihr Profil, und wie ihre Augen sich ab und zu schlossen, und wie ihre

Zunge, wenn sie einen neuen Gang einlegte, die Spitze aus den Lippen steckte, und wie sie Strähnen hinters Ohr schob. Er hörte sie schniefen, Heuschnupfen vielleicht, Miriam hatte immer Papiertaschentücher dabei, auf dem Beifahrersitz, im Fahren zupfte sie eins raus, wedelte es auf, betupfte ihre Nase oder schnupfte hinein. Ein Schweinchen baumelte vom Rückspiegel und grinste Simon ab und zu an. Auch Miriam blickte manchmal in den Fond ihres Wagens, als hätte sie etwas gehört, aber sie sah weder Simons Hände noch seinen Schoß noch sein Gesicht und drehte sich wieder nach vorn, eine gewissenhafte Fahrerin, kein einziges Mal startete sie den Motor, ohne sich vorher anzuschnallen und die Fahrbrille aus dem kleinen Fach über dem Rückspiegel hervorzuholen und aufzusetzen.

Es wurde Zeit. Zeit zu handeln. Zeit für den letzten Schritt. Zeit für Simon, Miriam zu verlassen. Früher als geplant. Zwei Tage vor Gregors Beerdigung. Auslöser war das, was an diesem Abend geschah. Viertel nach neun. Miriam fuhr dieselbe Strecke wie immer. Und Simon war so eingelullt, dass er den Augenblick verpasste, an dem Miriam ihre Lebensfahrt sprengte. Er wollte schon seinen Kopf nach rechts wenden, auf die Schotterpiste parallel zur Bundesstraße, als Miriam das Lenkrad herumriss und genau auf diese Piste einbog. Sie bremste, die Räder knirschten, sie hielt an, das Auto wie ein Stier, der mit den Hufen scharrt, sie küsste kurz mit der Stirn das Lenkrad, schüttelte sich, etwas Entschlossenes lag jetzt in ihren Gesten, holpriges Anfahren, der erste Gang, der zweite, der dritte, und Miriam fuhr die Schotterpiste entlang. Sie ließ ihre Hand auf den Sitz neben sich gleiten, nicht, um ein Taschentuch zu nehmen, sondern um, nachdem sie den Sitz gestreichelt hatte, in einer Bewegung, die Simon von hinten nicht richtig hatte sehen können, die Gurttaste zu drücken, und der Gurt schnurrte zurück. Sie war frei jetzt, fuhr noch schneller. Die Räder kratzten Körner von der Piste und ließen Staub explodieren. Miriam verließ die Schotterpiste und bog ab, auf eine riesige Wiese. Der Bauer hatte sie erst vor kurzem gemäht, durch die offenen Fenster drang der Geruch von Pollen und Heu. Die Wiese ging nahtlos über in den Wald. Wie ein Wächter stand dort eine uralte Eiche, die ihre Krone in den Himmel schickte und Vögel barg, die jetzt ruckartig ihre Hälse reckten zum Auto, das auf sie zuraste, und die Eiche wartete darauf, dass ihre alte Rinde vom Stahl durchbohrt wurde, dass Glas um ihre Füße splitterte, dass ein Körper, ein Menschenkörper, sich durch die Scheibe in ihre Arme warf. Simon hätte brüllen oder die Kappe vom Kopf reißen oder Miriam packen oder ins Lenkrad greifen oder aus der Seitentür stürzen können. Tat aber nichts. Da blieb etwas still in ihm. Da hatte sich etwas ausgehaucht. Da zuckte er mit den Schultern und sagte sich: Sei's drum. Da hoffte er für eine Sekunde, es wäre gleich alles vorbei. Aber Miriam Hackethal warf im letzten Augenblick ihr ganzes Gewicht aufs Bremspedal. Es blieb ihr erspart, das Knacken der Knochen zu hören, das Platzen der Hülle Haut, das Quetschen der Eingeweide, es blieb ihr der Schmerz erspart, der wie ein Geburtsschmerz das Nichtleben eingeläutet hätte, das zu wählen ihr die Kraft fehlte. Der Wagen kam zehn Meter vor der Eiche zum Stehen. Er rauchte aus. Springt man von der Brücke, so gibt es kein Zurück mehr, bedarf es nur eines einzigen Augenblicks der Überwindung. Dann läuft alles wie von selbst: Fallen die Augen aus dem Kopf zu Boden, fünfzig Meter, sehen, schon ehe der Körper aufschlägt, das Ende voraus, Umkehren unmöglich, Bremsen unmöglich, da fällt das Tier, es wirbelt durch die Luft und knackt sich aus. Ein Stöhnen noch. Dann ist es vorbei. Und das Blut sickert zur Ameise, die jetzt einen Umweg machen muss.

Miriam weinte nicht. Sie sah blass aus. Simon, der immer unangeschnallt dort sitzen musste und sich beim Bremsen heftig festgehalten hatte, um sich keine blutige Nase zu holen, hätte Miriam jetzt am liebsten die unsichtbare Hand auf die Schulter gelegt und gesagt: Ich bin bei dir. Ich kann dir helfen. Ich kann ein Loch in den Bremsschlauch bohren, ohne dass du es merkst. Ich bin stärker als du. Ich bin die unsichtbare Kraft, die du nicht hattest und nie haben wirst. Du kannst mir vertrauen, Miriam, ich bin da. Ich kann dich trösten, dich töten. Miriam fuhr zurück nach Hause, und Simon blieb allein im Wagen sitzen. »Bis bald«, sagte er leise, kletterte durch die Mitte nach vorn, startete den Wagen und fuhr los. Laut Todesanzeige sollte Gregor übermorgen beerdigt werden. Die Leiche des Ermordeten war erst spät freigegeben worden. Neben Simon stand ein Mercedes in der Abbiegespur. Erst am Grauen in den Augen des Fahrers merkte Simon, dass er die Kappe noch trug.

28

Die Beerdigung vollzog sich in bescheidenem Rahmen. Simon näherte sich der Trauergruppe. Vierzig Menschen. Wie viele würden einst an seinem eigenen Grab stehen? Er wusste es nicht. Noch nicht. Simon hatte mit seinen Eltern oft zum Grab der Familie gemusst, Allerheiligen, Jahrestage, es lagen schon Vorfahren drin, und da mussten sie immer stehen, still sein und traurig gucken, die Stimmung wurde verteilt wie Zettel, auf denen Bedrücktsein stand, sie schwiegen vor sich hin, und danach wurde das Grab gemacht, wie es hieß, und das ewige Licht ausgetauscht – wie kann man ein ewiges Licht austauschen? –, es wurde Unkraut gerupft, und Simon fragte sich als Kind, wie so viele Särge übereinander gestapelt dort drin liegen konnten und wie tief man graben musste, damit auch alle Särge Platz fanden, und wie weit die Särge, und nicht nur die Särge, sondern auch deren Inhalt, bereits vergammelt waren und die Vorfahren die Erde düngten, auf der das Unkraut wuchs, das seine Eltern rupften und wegwarfen, somit rupften sie auch seine Vorfahren und warfen sie weg, stellte er sich vor, und das war das, was man Grabpflege nannte. Jetzt also Gregor hier. Der Sarg schien zu schweben, auf Höhe der Erdkrume, und darauf zu warten, dass man ihn hinabfahren würde, ins Tiefe. Nackt der Sarg aus Holz, nackt im Sarg der Gregor, unterm Totenhemd. Simon schwang sich vom Rand der Grube auf den Deckel des Sargs und blickte über die Schar der Trauernden. Ein König auf dem Thron des Todes. Er breitete die Arme aus. Aber niemand sah ihn. Man fuhr den Sarg langsam hinab. Das zitterte. Als der Sarg an seinem Ziel angekommen war, befand sich Simons Scheitel auf Höhe der Grasnarbe. Er blickte hinaus und sah schwarze Trauerschuhe. Dann kauerte er sich ans Kopfende. Er schnupperte. Das roch nach Kellerraum. Die Ränder des Grabs waren mit grünen Gummimatten verhangen. Simon spürte einen Tropfen und hielt die Handflächen auf, aber das war kein Regen, nein, der Priester wedelte Weihwasser ins Grab. Es fiel jetzt Erde zu Erde und Staub zu Staub. Hoch oben erschien das Gesicht des Werfenden, Simon sah die Unterseite der Schaufel und die Erde, die im Flug auseinandergerissen wurde. Einige Körnchen landeten früher auf dem Deckel als der schwere Rest; ein Geräusch, das nur er hören konnte. Manchmal rieselte der Dreck in den Raum zwischen Sarg und Grabrand. Dort war alles dunkel. Die einen schleuderten Dreck auf den Toten, die anderen bewarfen ihn mit Blumen. Rosen, Lilien, Nelken. Als solle der Toten nicht allein hier unten verwelken. Nach dem Segen hörte Simon davonknirschende Schritte, während der Totengräber seiner Arbeit nachging, eine

Schippe nach der anderen. Simon legte sich flach auf den Rücken, bettete den Hinterkopf auf die Stelle, wo, unterm Deckel, auch Gregors Kopf liegen musste. Von seiner Lage aus konnte er einen mickrigen Ausschnitt Welt sehen. Deshalb ein Grab, dachte er, damit der Tote – schwacher Trost – den Himmel sieht, wenn er hier liegt. In diesem Augenblick fühlte Simon den Splitter eines Gedankens: einfach unten bleiben. So ungemütlich ist es hier nicht. Der Dreck wird sein wie eine Decke. Dann schlafen. Für immer schlafen. Simon schloss die Augen. Und ließ sich zuschütten. Gemeinsam mit Gregor. Hätte der Totengräber ins Grab geschaut, hätte er die Augen zusammengekniffen wegen der Erde, die scheinbar so frei und schwerelos in der Luft schwebte; aber der Totengräber stand seitlich zum Grab und achtete nicht auf den Dreck, der fiel, sondern nur auf den Haufen daneben, immer auf das, was noch zu schaffen war, nie auf das, was er schon geschafft hatte. Schicht um Schicht legte sich auf Simons Körper. Der Dreck wog schwer und drückte ihn in den Sarg. Ab und an musste er den Mund und die Nase freistreichen, um Luft zu bekommen. Bald war auch das nicht mehr möglich. Der Dreck beschwerte seine Hände, bedeckte sein Gesicht. Jetzt wurde das Atmen mühsam. Und die Geräusche der fallenden Erde leiser: als läge Simon bei Gregor im Sarg. Es wurde nicht nur ruhiger draußen, es wurde auch ruhiger drinnen, in Simon. Es gab keinen Drang mehr, etwas zu tun, keinen Willen, Simon lag dort, im

Grab, leer und antriebslos, gleichwohl hatte er das Gefühl: zu wechseln in einen höheren Zustand, als hätte er eine Stufe erklommen und sähe etwas, was er nie gesehen hatte, einen Zustand, wirklicher als die Wirklichkeit, ein Bergsteiger, der einen Gipfel erreicht. Denn was Simon jetzt tat, folgte keiner Absicht mehr, es war etwas, das er einfach tun musste, etwas, das über ihn kam und nicht aus ihm. Die Kappe tat es. Nicht er. Simon spürte, wie er sich durch den Dreck wühlte, sich freikämpfte, die Erde von den Knochen schüttelte, aufatmete, sich laut räusperte, ein Geräusch, das den Schädel des Totengräbers anlockte, der kurz über den Grabrand lugte, ehe er weiterschaufelte. Simon kletterte an der Kopfseite hinaus in die Welt. Seine Bewegungen hatten ihre natürliche Schnelligkeit verloren. Alles geschah in Zeitlupe. Kurz sah er dem Totengräber zu. Der arbeitete mit ernster Miene. Nicht aus Trauer, sondern weil die Arbeit so anstrengend war. Dann wandte Simon sich ab und ging los. Aber er wusste nicht, wohin, jeder Schritt eine Überraschung, es interessierte ihn auch nicht, er begleitete nur teilnahmslos und ohne Staunen die einzelnen Schritte, die seinen Simonkörper forttrugen. Er gelangte zu Gregors Villa, klingelte nicht, sondern wartete eine Stunde, zwei Stunden, drei Stunden, stand reglos dort wie ein Block aus Eis, der nicht schmelzen konnte, weil es in ihm viel zu kalt war, wartete ohne einen Gedanken im Kopf, und endlich verließ Sandra das Haus, in schwarz gekleidet, sie ließ die Tür ins Schloss leiern, und Simon schob sich an ihr vorbei, etwas zu nah, Sandra blickte verwirrt zurück, Simon beachtete sie nicht, sondern stieg hoch in Carstens Zimmer, er wehrte sich nicht gegen das, was er tat oder gegen das, was mit ihm getan wurde, hätte sich auch gar nicht wehren können, denn er hatte längst das Kommando verloren.

Er verriegelte Carstens Tür von innen und setzte sich auf einen Stuhl. Mitten in den Raum. Simons Arme glitten an seinem Körper hoch. Wie eine festgewachsene Dornenkrone wurde die Kappe gelüpft. Das gab ein hässliches Geräusch. Als bliebe Simons Schädeldecke an der Kappe kleben und sein Gehirn läge nun frei. Der Schmerz stand wie das Ende von allem vor ihm. Oder wie der Anfang von allem. Sein Kopf war offen, die Kappe zwischen den Fingern, Augen geschlossen, Mund geschlossen, kein Schrei, denn der Schmerz war allumfassend. Simon reinigte die Kappe, mechanisch, ließ das Blut vom Taschentuch trinken, entfernte Hautfetzen, letzte Haare, aber der Schmerz hörte nicht auf.

Und wenn er zu Carsten ans Bett träte? Ihm die Kappe auf den Kopf stülpte? Carsten würde verschwimmen und verschwinden vor seinen Augen. Simon sähe nur noch ein leeres Bett mit Carstens Abdruck. Aber auch dann würde Simons Schmerz nicht aufhören. Auch nicht, wenn der unsichtbare Carsten Guhl endlich aufwachen und ihn fragen würde: Wo bin ich?

Und Simon sagen würde: Du hast alles vergessen,

Carsten. Alles, was du erlebt hast. Und alles, was du nicht erlebt hast. Du hast dein Leben im Vorhinein vergessen.

Und Carsten: Hab ich die Mutprobe bestanden?

Und Simon: Das hast du, Carsten, das hast du.

Simon legte die Kappe auf den Stuhl. Er trat zu Carsten ans Bett, zögerte nicht, sondern hob Carstens Kopf an und zog das Kissen unterm Nacken hervor. Dann ließ er Carsten auf die flache Matratze gleiten. Was Simon jetzt tat, dauerte kaum zwei Minuten. Nachdem er das Kissen von Carstens Gesicht genommen und sich vergewissert hatte, dass Carsten nicht mehr lebte, schob er das Kissen zurück, bettete Carstens Kopf, überlegte, ob er ihm kurz die Wange tätscheln sollte, ließ es bleiben, gähnte, drehte sich um, nahm die Kappe vom Stuhl, stellte sich vor den Spiegel und sah sich selbst an, Simon Bloch, dieser blutige Schädel, dieser Dreck im Gesicht, Gregors Totenerde, diese Augen, die aus den Höhlen lugten wie hinterhältige Tiere, diese Wangenknochen, dieser ausgewrungene Körper, diese skelettartigen Hände, die sich an die Kappe klammerten, so, wie alles in ihm sich an die Kappe klammerte, letzte Zuflucht, nicht Gregors, nicht Carstens, nein, seine Kappe, und Simon Bloch sah eine Träne im Augenwinkel zappeln, beachtete sie nicht, sondern stemmte mit einem schweren Ruck die Kappe. Sie schwebte über seinem Kopf. Wie zwei Magnete zogen sie sich an: Simons offener Schädel und die offene Kappe. Jetzt, hier, mit dem für immer zum Schweigen gebrachten Carsten Guhl im Bett, pflanzte sich die Kappe ein letztes Mal auf Simons Kopf, flüsterte sich in ihn hinein, nahm die Form seines Schädels an, war Heilung und Befreiung zugleich, seine Wunden schnurrten zusammen, die Schmerzen verschwanden sofort, und mit den Schmerzen verschwand Simon. Er konnte sich nicht mehr sehen. Würde sich nie wieder sehen können. Und als seine Finger über den Kopf strichen, spürte er die Kappe nicht mehr, keinen Kappenrand, kein Leder, keine raue, braune Oberfläche, die Kappe war in ihn hineingewuchert, statt Kappe nur noch eigene Haut, nackte Glatze, Kopf ohne Kratzer, aber mehr noch, Simon konnte die Kappe durch seinen Geist ackern hören und merkte, wie sie sich anschickte, auch noch den letzten Rest zu vertilgen von dem, was einst Simon Bloch gewesen war.

Sein unsichtbarer Körper trat ans Klavier, eine letzte Melodie von Bronisłau Kaper wollte gespielt werden, aber Simon konnte es nicht mehr, seine Hand stocherte in den Tasten, er stand auf, knallte den Deckel zu, verließ Carsten, ohne ihn noch mal anzuschauen, ging zum Bahnhof, fuhr ins Hackethal-Haus, schlief dort, stärkte sich, mischte sich unter die Menschen, blicknackt, wie er war. Diese Menschen!, dachte die Kappe in ihm. Sie eseln durch die Welt. Zertreten Schritt für Schritt den Teppich unter ihren Füßen. Jeder Atemzug, den sie auf den Lippen zerkauen, ist einer weniger, als ihnen noch bleiben wird. Jede Sekunde, die sie mit ihren Körpern verbringen, ist eine Kerbe, die sie in die Wand ihrer Zellen ritzen. Schmutzig sind sie, schwitzen, stinken, schleppen sich durchs Dasein, an die Körper gelötet. Rütteln an den Rippengittern. Wenn sie nur endlich aus ihren Körpern springen könnten wie aus einem Kerker. Zurück bliebe ein reiner Geist, ein freier Geist, der keinen Ballast mehr mit sich schleppt. Aber sie können es nicht, sie sind geboren ins Fell. Es ihnen über die Ohren ziehen. Ihnen helfen.

Und Simon legt los.

Sofort.

Er streift als Nichts durch die Welt. Man kann ihn nicht sehen. Aber spüren, seine Gegenwart. Manchmal hören oder riechen. Er riecht nach verbranntem Fleisch. Er klingt wie ein Angstschlucken. Er hat nichts zu verlieren. Er hat nur zu vergeben. Hat den Tod zu vergeben. Kann ihn verteilen, den Tod, an die Menschen, wie ein Geschenk. Hat es schon getan. Frau Kubelik. Gregor. Carsten. Wär ich mal tot und begraben. Er eist die Menschen von den Körpern los. Sie bibbern doch. Bemühen sich, das Bibbern zu verbergen, aber sie bibbern ein Leben lang. Denn Menschsein heißt Bibbern. Er ist bewaffnet, er sucht ihre Häuser auf, er ist schon da, und wenn er nicht da ist, so könnte er da sein. Aber das ist dasselbe. Er weiß genau, was er tut. Er schaut ihnen beim Leben zu. Sie sitzen dort, an ihren Tischen, auf ihren Sofas, liegen dort, in ihren Betten, gehen durch die Zimmer und lernen die Lebensdialoge auswendig, damit sie den Einsatz nicht verpassen, verkrümeln sich in nackte Ablenkung, leben wie angegossen. Eine Tür schlägt, ein Fenster klappert, ein Windhauch, ein Knarzen auf dem Parkett, ein Seufzen, etwas streift gerade ihre Arme, sie schrecken auf in der Nacht, sie machen Licht, sie können ihn nicht sehen, aber sie spüren seine eiskalte Hand auf der Stirn.

Es sind zu viele.

Viel zu viele.

Er würde es nie schaffen, alle Menschen zu töten.

Doch nach etlichen Wochen oder Monaten oder Jahren reinster Unsichtbarkeit, an einem wunderbaren, dunklen Tag, da will Simons Körper ein Glas in die Hand nehmen, ein simples Wasserglas, nur, um etwas zu trinken. Aber weil seine Hand seit wer weiß wie viel Zeit nichts mehr hat sehen können, fehlt ihr der Glaube, dass sie wirklich da ist, die Hand. Sie schwebt durchs Glas hindurch und kann das Glas nicht greifen. Das Glas bleibt Glas, aber die Hand löst sich auf, verliert ihre Substanz, ihre Materie. Es ist eine Befreiung. Simon breitet die Arme aus, steht dort, aber nicht mehr Simon steht dort, sondern nichts mehr, keine Hand mehr, kein Fuß mehr, kein Körper mehr, nur noch Körperluft, Simon zerfällt, seine Zellen lösen sich auf, er gibt sich ab an die Welt, zerstäubt, verteilt sich in die Atemwege, breitet sich aus, immer mehr, immer weiter, Stück um Stück, ein Teil seiner selbst sickert durch die Fensterritzen, etwas Bloch kriecht durchs Treppenhaus, in die

Wohnungen der Nachbarn, die beim Essen sitzen, etwas Bloch schwebt unaufhaltsam hinaus in die Stadt, mischt sich mit der Luft der Welt, eine unhörbare Filmmusik, übertüncht vom Lärm des Lebens, eine Reise hinein in die Menschen, hinein in alle Menschen, hinein in uns. Nicht mehr Körper ist er, nicht mehr Geist, nur noch das Gefühl: Hier stimmt was nicht. Nicht mehr Körper ist er, nicht mehr Geist, nur noch die Gewissheit: dass wir sterben werden. Er steht nicht mehr in Raum und Zeit. Wir haben ihn längst eingeatmet. Er kommt nicht mehr von außen auf uns zu. Wir tragen ihn längst in uns. Er ist da. Und niemals werden wir ihn wieder los. Keiner von uns.